Frauke Scheunemann, geboren 1969 in Düsseldorf, ist promovierte Juristin. Seit 2002 ist sie freie Autorin und schrieb zusammen mit ihrer Schwester viele Bestseller. 2010 erschien mit »Dackelblick« ihr erster Solo-Roman. Dieser und die nachfolgenden Bände standen monatelang auf der SPIEGEL-Bestsellerliste. 2013 debütierte sie im Kinderbuch und begeistert seitdem auch kleine Fans. Insgesamt hat Frauke Scheunemann weit über 2 Millionen Bücher verkauft. Sie lebt mit ihrem Mann und ihren vier Kindern in Hamburg.

Frauke Scheunemann

Louisa
Und täglich grüßt das Chaos!

Verlag Friedrich Oetinger · Hamburg

© 2019 Verlag Friedrich Oetinger GmbH,
Poppenbütteler Chaussee 53, 22397 Hamburg
Alle Rechte vorbehalten
Einband © Andrea Pieper
Satz: Satz für Satz, Wangen im Allgäu
Druck und Bindung: GGP Media GmbH,
Karl-Marx-Straße 24, 07381 Pößneck
Printed 2019
ISBN 978-3-7891-0999-7

www.oetinger.de

Gurkenscheibchen

Prolog

Oh! Mein! Gott! Ist das gerade wirklich passiert? Ich meine, es war schon lustig, Clarissa bei FriendsCity in den Hotdog-Stand stolpern zu lassen. Die Mayonnaise und der Ketchup gaben ihrer Frisur wirklich das gewisse Etwas, und gut für die Haare soll das ja auch sein ... Schade, dass FriendsCity nur ein Spiel auf meinem Handy ist. Und das Mädchen mit dem Ketchup im Haar bloß ein Avatar. Echt lustig, aber nur ausgedacht. Bis eben jedenfalls. Denn jetzt ist die echte Clarissa wirklich über Jos Skateboard gestolpert und damit volle Lotte in den Hotdog-Stand gerauscht. Und ja: Jetzt hat auch die echte Clarissa Mayo und Ketchup im Haar. Plus noch ein paar Röstzwiebeln und Gurkenscheibchen auf der Nase. Autsch! Sieht aus, als hätte das ein bisschen wehgetan! Aber das wirklich Seltsamste an der Sache ist, dass ich, Louisa »Isi« Winter, das Gefühl habe, daran schuld zu sein. Ja, Leute, haltet mich für verrückt – aber schließlich war genau das meine Geschichte bei FriendsCity ...

Vollkatastrophe

1. Kapitel

Jaaaa! Endlich ist er da, der erste Schultag nach den Sommerferien! Ich freue mich riesig! Bevor ihr mich jetzt alle für völlig verrückt haltet, weil das Ende der Sommerferien ja normalerweise echt zum Heulen ist – ich kann euch auch genau erklären, warum. Also, warum das so ein genialer Tag ist: Es ist der Start in mein neues Leben. Ab heute bin ich, Louisa »Isi« Winter, kein bemitleidenswerter Lappen mehr, sondern Fame. Angesagt. Cool. Nennt es, wie ihr wollt, jedenfalls werde ich nicht mehr zur falschen Zeit in den falschen Klamotten am falschen Ort sein und die falschen Sachen sagen. Wieso ich da so sicher bin? Ganz einfach: Es ist nicht nur der erste Schultag nach den Sommerferien, sondern auch der erste Tag in der achten Klasse. Was an meiner Schule bedeutet, dass die Klassen völlig neu zusammengesetzt werden. Es gibt einen neuen Klassenlehrer und neue Mitschüler – nur einen Freund aus der alten Klasse darf man sich für die neue Klasse wünschen. Klingt furchtbar? Nee, überhaupt nicht! Das ist meine Chance! Und ich werde sie ergreifen!

»Sachma, alles in Ordnung bei dir?«

Theo mustert mich neugierig von der Seite.

»Klar, wieso?«

»Du wirkst so, als hättest du irgendwas genommen. Oder als hättest du sechs Liter Cola auf ex getrunken. Total überdreht und hibbelig. Ich habe Angst, dass du gleich vom Fahrrad fällst.«

»Quatsch.« Mehr sage ich nicht, sondern trete weiter in die Pedale. Theo ist zwar mein bester Freund, aber von meinem Plan habe ich ihm nichts erzählt. So, wie der immer über den Dingen schwebt, hätte der mir garantiert einen *Bleib-doch-einfach-du-selbst*-Spruch reingedrückt. Das ist ungefähr das Letzte, was ich jetzt brauchen kann. Denn ich will nicht ich selbst bleiben. Das war ich die letzten 13 Jahre meines Lebens, und das reicht mir völlig.

RUM! Ich knalle mit meinem Vorderrad auf den Bürgersteig, mein Fahrrad macht einen richtigen Satz. Mist – hab gar nicht gesehen, dass ich schon so nah am Kantstein war! Jetzt packe ich mich wirklich gleich hin!

»Hey, Isi, Vorsicht!«, ruft Theo und klingt erschrocken. »Guck doch, wo du hinfährst! Wo ist eigentlich deine Brille? Ich glaube, es ist keine gute Idee, ohne zu fahren. Bist ja offenbar total blind.«

»Ich war nur abgelenkt«, beschwichtige ich ihn. »Und 'ne Brille brauche ich nicht mehr, ich habe jetzt Kontaktlinsen.« Die gehören gewissermaßen zu meinem persönlichen Starterpaket *Louisa 2.0*.

»Echt?« Theo klingt beeindruckt. »Haben deine Eltern es doch endlich erlaubt?« Er weiß natürlich, dass ich schon seit mindestens zwei Jahre Linsen haben will, meine Eltern bisher aber strikt dagegen waren. *Viel zu kompliziert und pflegeaufwendig für ein Kind in deinem Alter!*, ist immer ihr Standardspruch. Als ob ich noch ein Baby wäre!

»Öhm, gewissermaßen«, antworte ich.

Theo bremst und hält, ich ebenfalls. Dann steigt er ab und guckt mich genau an.

»Stopp mal – was meinst du mit *gewissermaßen*? Haben sie es nun erlaubt oder nicht?«

Ich merke, wie ich rot werde. Verdammt! Die neue Isi wird doch nicht mehr rot, wenn ihr etwas peinlich ist. Was daran liegt, dass die neue Isi so cool ist, dass ihr einfach nichts mehr peinlich ist. Okay, das muss ich vielleicht noch ein bisschen üben. Ich seufze.

»Ja, okay, sie haben es nicht so direkt erlaubt. Aber ich habe sie gefragt, ob sie mir fünf Euro geben könnten, ich müsste noch etwas für die Schule besorgen. Die haben sie mir gegeben, damit habe ich dann die Linsen gekauft, also haben sie es mir doch irgendwie erlaubt.«

Theo reißt die Augen auf. »Es gibt Kontaktlinsen für fünf Euro?«

Ich nicke.

»Wow!« Er pfeift durch die Lücke zwischen seinen Schneidezähnen. »Hätte gedacht, so was ist teurer. Bei welchem Optiker warst du denn?«

»Wieso Optiker? Ich war im Drogeriemarkt. Da gibt es weiche Linsen in der Sechserpackung für vier Euro neunundneunzig. Hammer, oder?«

Kopfschütteln.

»Mann, Isi, echt – du kannst dir doch nicht einfach so Kontaktlinsen kaufen.«

»Warum nicht?«

»Na, die müssen doch irgendwie angepasst werden. Also, wenn man noch nie welche hatte, muss man erst mal zum Augenarzt oder Optiker. So war es jedenfalls bei meinem Bruder. Der ist garantiert nicht einfach in den nächsten Supermarkt gelatscht.«

»Drogeriemarkt«, korrigiere ich Theo.

»Na, oder Drogeriemarkt. Ist auch egal. Ich meine: ohne Beratung.«

Alter Besserwisser.

»Wofür denn Beratung? Ich weiß doch, wie stark meine Brillengläser sind. Minus vier Dioptrien. Also habe ich mir auch Linsen in der Stärke gekauft. Die steht direkt auf dem Karton drauf, gar kein Problem. Fürs Einsetzen habe ich mir ein Tutorial auf YouTube angeguckt, ging dann eins a. Und jetzt sehe ich scharf.«

»Schon klar. Und deswegen bist du auch gerade voll gegen die Kante geheizt.«

»Das hat damit gar nichts zu tun. Und jetzt lass uns weiter, ich will heute auf gar keinen Fall zu spät kommen.«

Theo sagt nichts mehr, steigt wieder auf sein Fahrrad und fährt weiter. Ich habe ihn offenbar überzeugt.

Ohne Brille sehe ich wirklich nix, was weiter als einen Meter von mir entfernt ist. Maulwurf total. Aber die Linsen sind einfach mega. Das Einsetzen war zwar nicht ganz so leicht, wie ich eben behauptet habe. Lag aber vielleicht auch daran, dass ich es nicht im Bad vor dem großen Spiegel, sondern heimlich im Fahrradkeller gemacht habe. Na ja, nach drei bis sieben Anläufen hab ich die Linsen dann endlich reinbekommen. Und jetzt sehe ich sogar besser als mit meiner Brille. Nicht scharf, sondern superscharf, sozusagen. Fast habe ich das Gefühl, als würden meine Augen die Bilder um mich herum aufsaugen, sie brennen ein bisschen. Egal. Hauptsache, ich bin meine Brille los. Denn Brille und die neue, coole, angesagte Isi Winter – das passt einfach überhaupt nicht zusammen!

»Da drüben«, flüstere ich Theo zu, »Clarissa und Magdalena ...«

»Wer? Clarissa und wer?«, trompetet Theo so laut, dass die beiden Mädchen sich prompt umdrehen und zu uns herüberschauen.

»Schschhh!«, zische ich Theo an. »Leise! Die hören dich doch!«

»Na und?« Theo kann Clarissa nicht ausstehen, das merke ich immer an der Art, wie er ihren Namen ausspricht.

»Das sollen sie auf keinen Fall. Sonst wissen die doch gleich, dass wir über sie geredet haben!«

Theo zuckt mit den Schultern. Er scheint nicht zu begreifen, wie wichtig es gerade am ersten Schultag ist, seinen neuen Mitschülern total lässig gegenüberzutreten. Es muss so aussehen, als sei es einem ziemlich egal, mit welchen Leuten man in der neuen Klasse gelandet ist. Und so sieht es natürlich überhaupt nicht aus, wenn man sich kurz davor den Hals nach ihnen verrenkt hat. Gerade Clarissa Eggers soll nicht wissen, wie aufgeregt ich bin, dass ich jetzt in eine Klasse mit ihr gehe. Denn Clarissa ist das, was ich gern wäre: cool und angesagt. Ihr Wort ist Gesetz; was sie sagt, wird gemacht. Sie ist die Königin der Heinrich-Heine-Schule. Bisher ging sie immer in meine Parallelklasse, aber jetzt sind wir beide in der 8d gelandet.

Ich bemühe mich, sehr entspannt in Richtung Mittelstufengebäude zu schlendern. Mindestens tausend Mal habe ich mir in den letzten Tagen ausgemalt, wie ich durch die große Drehtür gehe und dabei fantastisch aussehe. Die Röcke und Blusen mit Blümchenmuster, die ich sonst so gern trage, habe ich alle in die hinterste Ecke meines Kleiderschranks verbannt. Stattdessen trage ich ein enges schwarzes T-Shirt und eine ebenso enge schwarze Jeans, und ich habe keinen Pferdeschwanz, sondern einen lockeren Dutt, aus dem ich extra ein paar Strähnen herausgezogen habe. Ziemlich lässig also!

Leider auch ziemlich lästig. Denn ein Teil der Strähnen

pikst mir ein bisschen in die Augen, und ich muss zwinkern, was ich momentan gar nicht gut haben kann. Egal. Wie sagt meine Oma immer: Wer schön sein will, muss leiden!

»Wenn du ein Pferd wärst, würde ich sagen, du lahmst«, kommentiert Theo mein Schlendern und grinst.

»Warum? Nur weil ich hier nicht wie ein aufgescheuchtes Huhn Richtung Schulgebäude renne? Ich gehe ganz entspannt.«

»Nee. Das ist kein entspanntes Gehen, sondern ein langsames Humpeln. Also, falls das irgendwie cool aussehen soll: Tut es nicht. Sieht scheiße aus.«

Mist – ich hoffe, Theo will mich nur ärgern. Aus den Augenwinkeln kann ich sehen, dass Clarissa und Maggi nun auch auf die Drehtür zusteuern. Ich atme tief ein, strecke den Rücken durch, nehme die Schultern nach hinten und mache den ersten Schritt in die Drehtür. Tatsächlich kann ich gerade gar nicht genau sagen, wie groß der Durchlass schon ist, denn bei genauerem Hinschauen sehe ich den entstandenen Spalt gerade irgendwie doppelt. Wie kommt das denn? Ich kneife die Augen zusammen, was wehtut, weil ich damit die blöde Strähne, die direkt auf Wimpernhöhe endet, regelrecht in mein Auge drücke. Das Bild, das eben noch scharf, wenn auch doppelt war, verschwimmt nun ein bisschen, und meine Schritte werden unsicherer.

»Hey, Winter«, höre ich eine Stimme hinter mir, »biste

gelähmt, oder warum schleichst du so? Oder haste etwa Schiss vor deiner neuen Klasse? Gib mal Gas. Wir wollen hier nicht ewig warten, bis du dich durch die Tür getraut hast!«

Oh nein! Eindeutig Maggis Stimme! Das bedeutet, dass sie jetzt direkt hinter mir stehen. Tatsächlich höre ich nun auch Clarissas Stimme.

»Aber Maggi, nun stress doch die arme Isi nicht so. Die scheint es heute schon schwer genug mit sich selbst zu haben. Ist schließlich ganz schön kompliziert, so eine Drehtür.« Sie kichert.

Läuft ja super mit meinem lässigen Eindruck. So gar nicht! Ich mache einen hektischen Schritt nach vorn und versuche, möglichst schnell durch die Drehtür zu kommen. Leider bin ich dabei so schwungvoll, dass ich mit dem Kopf an die vordere Glaswand stoße. Die Drehtür macht daraufhin eine Vollbremsung, ich knalle noch mal mit Wumms vor das Glas und falle auf den Hintern. Natürlich nicht, ohne mir dabei noch den Kopf an der hinteren Glaswand anzuschlagen. Dann liege ich festgekeilt in dem Drehtürabteil und bin einen Moment lang benommen.

Von draußen höre ich Stimmen, sie klingen ganz dumpf in meinem Drehtürgefängnis.

»Oh Mann, was macht die denn?«

»Hol mal einer den Hausmeister! Sonst kriegen wir die da nie raus!«

»Wie bescheuert kann man sein?«

»Wer is'n das? Die Winter?«

»Ja. Hat wohl heute ihre Brille nicht auf, das blinde Huhn!«

»Gott, wie dämlich!«

Tränen schießen in meine Augen, die ich sehr gern schließen würde, um nicht zu sehen, wie mich meine Klassenkameraden anstarren wie einen seltsamen Fisch im Aquarium. Doch leider ist das gar nicht so einfach. Denn die Kontaktlinsen reiben jetzt so stark auf meinen Augen, dass jedes Blinzeln höllisch brennt und kratzt.

Jemand klopft gegen die Scheibe.

»Alles okay bei dir, Isi?«

Theo.

»Ja, alles gut!«, krächze ich kaum hörbar, obwohl natürlich überhaupt nicht alles okay ist. Im Gegenteil. Es sollte der Morgen meines Triumphs werden, stattdessen ist es ungefähr das Schlimmste, was mir seit langer Zeit in der Schule passiert ist.

»Kannst du aufstehen? Schätze mal, wenn du nicht mehr vorn und hinten Kontakt zur Tür hast, wird sie wieder anfangen, sich zu drehen, und du kannst raus.«

Ich nicke ergeben und rapple mich hoch. Tatsächlich beginnt die Tür wieder, sich langsam zu drehen, und ich stolpere ins Innere des Mittelstufenhauses. Kurz darauf steht Theo neben mir.

»Mann, Mann, Mann, was war das denn für 'ne Aktion? Besonders cool sah das jedenfalls nicht aus.«

Ich zucke mit den Schultern. »Ich weiß auch nicht. Ich habe die Tür auf einmal irgendwie doppelt gesehen, und dann bin ich gestolpert.«

»Das liegt bestimmt an den Kontaktlinsen. Wärste mal besser zum Optiker gegangen.«

»Menno, jetzt hör doch mal auf, mich ständig runterzumachen. Ich fand die Idee gut, und bevor ich gleich echt sauer werde, lass uns lieber in die neue Klasse gehen.«

Theo hebt beschwichtigend die Hände. »Ist ja gut, ist ja gut. Ich wollte dich doch nur ein bisschen ärgern, weil ich dein Projekt ›Die neue Isi‹ echt lustig finde. Und total überflüssig.«

»Woher weißt du das mit dem Projekt?«, frage ich überrascht. Theo grinst.

»Ich kenn dich schließlich schon 'ne Weile. Es ist ja nicht nur die Brille. Es ist dein ganzer Look – wenn du hier auf einmal ohne Blümchenmuster, sondern ganz in Schwarz aufkreuzt, kann das nur zwei Sachen bedeuten: Entweder, jemand ist gestorben und du musst gleich zu einer Beerdigung. Aber das hättest du mir erzählt. Oder du willst auf Biegen und Brechen anders aussehen. Das in der Kombi mit der Tatsache, dass ich in Anwesenheit von der beknackten Clarissa nicht mal mehr laut sprechen darf, macht den Fall für mich klar: Du willst eine radikale Typveränderung.«

Betreten schaue ich zu Boden. Theo hat mich voll durchschaut.

»Na ja, wenigstens so ein bisschen«, flüstere ich. Dazu sagt Theo nichts mehr, sondern hakt mich unter und geht mit mir in unseren neuen Klassenraum.

Dort nehme ich still und stumm an dem Tisch Platz, den Theo für uns beide ausgesucht hat. Eigentlich sah mein Plan vor, mich näher an Clarissa und ihre Clique zu setzen, aber unter den momentanen Umständen bin ich über ein paar Meter Abstand sehr dankbar. Ich traue mich nicht, zu ihr hinüberzuschauen, aber ich bin mir sicher, dass sie und ihre Freundinnen gerade tierisch über mich ablästern. Ihre Blicke kann ich jedenfalls fast spüren.

Kurz nach uns kommt Herr Gambati in den Raum. Er ist unser neuer Klassenlehrer und unterrichtet Deutsch und Kunst. Ich hatte ihn noch nie als Lehrer, aber bin sehr gespannt, ihn endlich kennenzulernen. Er leitet nämlich die Theater-AG, und zu meinem Projekt »Neuanfang« gehört auch der feste Wille, dort mitzumachen. Wenn man hier im Deutschunterricht einen guten Eindruck macht, hat man bestimmt die Chance auf eine gute Rolle! Lehrer sind ja einfach gestrickt: Wenn du keinen Ärger machst, mögen sie dich. Und wenn sie dich mögen, dann bist du klar im Vorteil. Also setze ich mich gerade hin und versuche, einen möglichst interessierten und intelligenten Eindruck zu machen.

Tatsächlich erzählt er nach einer kurzen Vorstellungsrunde von der Theater-AG und dass er sich freuen würde, möglichst viele von uns dort zu sehen. Die AG plant auch ein neues Stück, er verrät aber noch nicht, welches. Um uns noch ein bisschen für die AG zu begeistern – was bei mir gar nicht nötig ist –, bittet er dann Clarissa nach vorn. Clarissa hatte in der letzten Produktion eine der Hauptrollen: die Luise aus *Kabale und Liebe*. Bisschen staubiges Stück, geschrieben von jemandem, der schon echt lange tot ist, aber mit dramatischer Liebesgeschichte. War im letzten Schuljahr ein voller Erfolg.

»So, ich demonstriere euch mal, wie wir arbeiten, wenn wir proben. Clarissa übt einen Monolog ein, also einen längeren Text, den nur sie spricht. Damit sie den richtig gut rüberbringt, braucht sie einen Anspielpartner. Gibt ja nichts Blöderes, als mit einer Wand zu reden. Wer hat Lust, Clarissa zu helfen?«

Ehe noch jemand etwas dazu sagen kann, reiße ich die Hand hoch! Die Gelegenheit, meinen schlechten Eindruck bei Clarissa wieder auszubügeln und gleichzeitig einen guten bei Gambati zu machen, wird so schnell nicht wiederkommen.

»Ah, sehr gut«, ruft Gambati erfreut und bittet mich mit einer Handbewegung nach vorn. »Du heißt?«

»Louisa«, antworte ich, fast flüsternd.

»Haha, das passt ja zum Stück!«, freut sich Gambati.

Clarissa rollt mit den Augen. Sie scheint nicht besonders begeistert. Egal. Gleich wird sie sehen, dass ich die perfekte Partnerin für sie bin. Gambati stellt einen Stuhl nach vorn, ich setze mich.

»So«, meint Gambati, »Clarissa ist also die junge Luise, die ihre Liebe verteidigt. Und zwar vor Lady Milford, die in dieser Szene zwar nichts sagt, aber Luises Projektionsfläche ist.«

Hä? Projektwas? Ich versteh kein Wort. Macht aber nichts, schließlich soll ich ja nichts sagen, sondern nur hier rumsitzen. Clarissa seufzt und beginnt.

»Und wenn Sie es nun entdeckten? Und wenn Ihr verächtlicher Fersenstoß den beleidigten Wurm aufweckte, dem sein Schöpfer gegen Misshandlung noch einen Stachel gab?«

Clarissa schnaubt verächtlich. Ich rühre mich nicht, sondern starre sie nur an.

»Ich fürchte Ihre Rache nicht, Lady – die arme Sünderin auf dem berüchtigten Henkerstuhl lacht zum Weltuntergang. Mein Elend ist so hoch gestiegen, dass selbst Aufrichtigkeit es nicht mehr vergrößern kann.«

Je mehr ich Clarissa anstarre, desto komischer wird mir. Denn jetzt sehe ich wieder doppelt, und wenn Clarissa sich beim Sprechen dann noch hin und her bewegt, wird mir regelrecht schwindelig. *Reiß dich zusammen, Isi!*, schimpfe ich mit mir selbst. Clarissa redet weiter auf mich ein und fuchtelt jetzt zu allem Elend auch noch mit ihrem Finger direkt vor meiner Nase herum.

»Sie wollen mich aus dem Staub meiner Herkunft reißen. Ich will sie nicht zergliedern, diese verdächtige Gnade. Ich will nur fragen, was Milady bewegen konnte, mich für die Thörin zu halten, die über ihre Herkunft erröthet?«

Das Doppeltsehen, die komische Sprache, Clarissas hektische Bewegungen – woran auch immer es liegt: Um mich herum beginnt sich alles zu drehen. Erst langsam. Dann immer schneller. Und dann, BUMM!, ist es mit einem Mal völlig dunkel um mich herum. Und still. Bin ich jetzt tot?

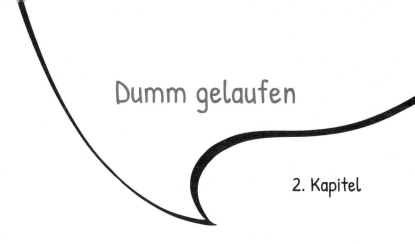

Dumm gelaufen

2. Kapitel

»Was machst du denn für Sachen?« Fanny schüttelt den Kopf, während sie mir eine Tasse mit heißem Pfefferminztee unter die Nase hält. Ich hasse Pfefferminztee, aber wenn er von der großartigsten Großmutter der Welt serviert wird, muss ich ihn wohl trinken. Zwei Schlucke aus der Tasse, und es geht mir tatsächlich etwas besser.

Ich befinde mich zu Hause auf dem Sofa, Fanny hat mir zwei Kissen unter den Kopf geschoben und mich mit einer kuscheligen Wolldecke zugedeckt. Nach meinem kleinen Ohnmachtsanfall in der Deutschstunde hat mich meine Großmutter aus der Schule abgeholt. Sie hat mein Fahrrad in ihren klapprigen, knallbunten VW-Bus geladen und ist mit mir nach Hause gedüst.

Dort liege ich nun also herum und fühle mich wieder genauso mickrig wie Kindergarten-Louisa, die auch ab und zu von Fanny eingesammelt werden musste, weil sie sich das Knie aufgeschlagen oder eine Erbse ins Ohr gesteckt hatte. Na gut, eigentlich hatte mir der blöde Torben die Erbse ins

Ohr gesteckt, aber das habe ich mich nicht zu sagen getraut, weil ich Angst hatte, dass er mich dann verhauen würde. Ich könnte wetten, dass es damals auch Pfefferminztee gab – Fanny glaubt einfach, dass dieser scheußliche Tee gegen alles hilft.

Es war übrigens schon immer Fanny, die angerufen wird, wenn sich kleine oder größere Katastrophen bei mir ereignen. Mama und Papa sind meistens viel zu beschäftigt, um sich darum zu kümmern. Sie haben eine Rechtsanwaltskanzlei und sind pausenlos unterwegs, um ihre Mandanten zu retten. Das klingt jetzt krass, so als würden die mich irgendwie vernachlässigen. Ist aber nicht so. Ich kann die beiden immer erreichen, und sie wissen auch, was bei mir gerade abgeht. Nur mich mal eben abholen – das können sie nicht. Können ja schlecht den Richter sitzen lassen, weil ihre Tochter eine Erbse im Ohr hat oder in einer Drehtür stecken geblieben ist. Macht mir aber nichts. So habe ich nicht nur Mama und Papa, sondern auch eine äußerst coole Oma, die immer wieder die tollsten Ideen hat. Oder auch einfach nur mal einen Pfefferminztee für mich kocht.

»So, jetzt noch mal von vorn: Du hast auf einmal alles doppelt gesehen, dann ist dir schwindelig geworden, und du bist vom Stuhl gekippt? Und vorher hattest du schon einen Unfall mit der Drehtür?«

Ich nicke stumm.

»Theo hat irgendwas von deiner Brille gesagt?«

Mieser Verräter! Hat er etwa erzählt, dass ich mir Kontaktlinsen gekauft habe? Fanny mustert mich.

»Hast du die Brille verloren, oder warum trägst du sie nicht?«

Gut, Theo ist *kein* Verräter. Aber jetzt muss ich wohl raus mit der Sprache. Wenn ich Fanny die Geschichte von der verlorenen Brille erzähle, muss ich die nächsten drei Stunden bestimmt die gesamte Wohnung absuchen.

»Ich hab sie nicht verloren, ich hatte sie nur nicht dabei.«

»Aber wie bist du denn dann heil in die Schule gekommen? Du kannst doch ohne Brille gar nichts sehen. Auch nicht doppelt!« Fanny grinst.

Einmal Luft holen – und dann raus mit der Wahrheit!

»Ich habe mir vorgestern Kontaktlinsen besorgt. Die habe ich momentan drin. Erst klappte das ganz gut, aber dann, auf dem Weg durch die Drehtür, ging das mit dem Doppeltsehen auf einmal los.«

Fanny starrt mich an. Kriege ich jetzt einen Anpfiff? Schließlich weiß sie ganz genau, dass Mama und Papa strikt gegen Kontaktlinsen sind. Ihr Mund beginnt sich zu kräuseln – und dann bricht sie in schallendes Gelächter aus. Puh! Sie ist nicht nur die großartigste, sondern auch die coolste Großmutter der Welt.

»Du hast *was*?« Noch immer muss sie japsend nach Luft schnappen, so lustig scheint sie die ganze Angelegenheit zu finden. »Wie kommst du denn auf die Idee, dass man sich die Dinger einfach nur kaufen muss? Kein Wunder, dass das in die Hose gegangen ist!«

Okay, manchmal ist sie auch nicht großartig, sondern so doof wie die anderen Erwachsenen.

»Wieso?«, schnappe ich beleidigt. »Ich finde, das war eine Mega-Idee! Du musst ja schließlich nicht mit so einer ätzenden Brille rumlaufen.«

»Na komm.« Fanny streicht mir besänftigend über die Haare. »Ich wollte dich nicht ärgern. Ich verstehe dich doch, obwohl ich deine Brille überhaupt nicht ätzend finde.«

»Ich wollte halt anders aussehen. Nicht mehr so ... so ... nicht mehr so Isi-mäßig.«

»Ach, und deswegen auch keine Blümchen mehr?«

Oh, das hat Fanny auch gemerkt? Offenbar kann sie meine Gedanken lesen, denn ohne dass ich laut gesprochen hätte, antwortet sie mir.

»Ja, das habe ich gemerkt. Als Erstes sogar. Denn wenn hier einer gern Blümchen trägt, dann doch wohl ich. Und bis eben dachte ich: du auch!«

Stimmt. Die Liebe zu wilden Mustern teile ich mit Fanny. Wenn sie nicht so unglaublich klein und zart wäre, hätte ich schon öfter Klamotten mit ihr getauscht. Na gut, ich übertreibe: Vielleicht müsste Fanny dafür noch sechzig Jahre jünger sein. Auf alle Fälle hat sie mich mit ihrer Kleidung oft inspiriert. Ich zucke also verlegen mit den Schultern.

»Ähm, ich finde Blumenmuster immer noch schön, aber ich dachte ... jetzt, wo das neue Schuljahr anfängt ... Also, ich dachte, ich könnte doch einfach mal jemand anderes sein. Nicht mehr Isi, die Liebe, sondern Isi, die Coole. Verstehst du?«

Fanny nickt. »Natürlich verstehe ich das. Ich habe in meinem langen Leben zwar die Erfahrung gemacht, dass es sich meistens nicht lohnt, jemand anderes sein zu wollen – aber das muss wahrscheinlich jeder für sich selbst herausfinden.«

»Ja«, antworte ich knapp, denn ich bin fest davon überzeugt, dass das bei mir anders sein wird. Ich werde mich neu erfinden, die kleine Schlappe von heute Vormittag wird mich nicht davon abhalten!

Im Liegen merke ich erst, wie müde ich eigentlich bin. Ich schließe die Augen – nur, um sie gleich wieder zu öffnen. Mist! Mittlerweile piksen die Kontaktlinsen so schlimm, dass jeder Lidschlag höllisch brennt. Tränen beginnen, über meine Wangen zu laufen.

»Mein armes Mäuschen!«, ruft Fanny erschrocken. »So schlimm ist es doch auch wieder nicht! Probier ruhig aus, ob du andere Sachen lieber trägst, ich bin doch nicht böse, wenn dir Blumenmuster auf einmal nicht mehr gefallen!«

Ich schüttle den Kopf. »Ich heul doch nicht deswegen! Genau genommen heul ich gar nicht – meine Augen tränen nur so doll. Das sind die Kontaktlinsen, die brennen einfach schlimm.«

»Na, dann nimm sie schnell raus und setz dir deine Brille auf die Nase!«

»Hab ich doch schon versucht«, erkläre ich kleinlaut. »Eben, als ich auf der Toilette war. Aber ich kriege es nicht hin. Die Linsen haben sich irgendwie festgesaugt, und außerdem mache ich immer automatisch die Augen zu, wenn ich mit meinen Fingern in Richtung Linse will. Da ist nichts zu machen!«

»Hm.« Mehr sagt Fanny nicht, aber dann beugt sie sich über mich und schaut mir genau in die Augen.

»Okay, ich kann sie sehen. Ich wasche mir jetzt mal die Hände, und dann versuche ich es.«

Kurz darauf tauchen zwei spitze Finger direkt vor meinen Augen auf. Sofort schließe ich sie. Es tut zwar höllisch weh, aber ich kann sie wirklich nicht wieder öffnen.

»Isi!«, schimpft meine Großmutter. »Nun stell dich doch nicht so an! Lass gefälligst die Augen auf!«

»Ich möchte ja«, jammere ich, »aber es geht einfach nicht!«

Ein tiefer Seufzer.

»Es hilft nichts. Dann fahren wir jetzt zum Augenarzt.«

Auweia. Von dem werde ich mir bestimmt was anhören müssen!

»Meine liebe Louisa!« Dr. Ventropp schlägt einen Ton an, der eigentlich nicht so klingt, als fände er mich irgendwie lieb. »Wie kann man denn nur auf so eine bescheuerte Idee kommen? Linsen aus dem Supermarkt!«

»Drogeriemarkt«, erwidere ich kleinlaut.

»Woher auch immer. Jedenfalls nicht von mir!«, lässt Ventropp keine Ausrede gelten. »So, und jetzt lass mal das Auge auf. Ich komme mit einem kleinen Saugnapf und entferne die Linsen. Das tut überhaupt nicht weh, vielleicht zupft es ein bisschen.«

Er greift hinter sich, und dann sehe ich, wie er sich mit einem kleinen runden Röhrchen nähert. Als er nur noch eine Wimpernlänge entfernt ist, kneife ich unwillkürlich die Augen zu, und der kleine Saugnapf landet auf meinem Lid.

»Louisa! Reiß dich doch zusammen!« Dr. Ventropp schnauzt mich regelrecht an, und am liebsten würde ich jetzt vom Behandlungsstuhl aufspringen und das Weite suchen. Allerdings hätte ich dann immer noch die blöden Linsen auf den Augen und würde auf meiner Flucht vermutlich gleich gegen den Türrahmen rennen. Also versuche ich, so gut es eben geht, die Augen wieder zu öffnen und auch offen zu halten.

Ventropp nimmt einen neuen Anlauf, und nun gelingt es ihm tatsächlich, den Sauger auf die Linse zu bekommen. Dafür, dass er so sauer auf mich ist, macht er das erstaunlich sanft, ich spüre wirklich kaum etwas. Dann ein Zupfen – und das unerträgliche Reiben und Drücken im Auge lässt sofort nach. Der Arzt nickt zufrieden.

»So, eine Linse hätten wir schon mal. Und, hat's wehgetan?«, erkundigt er sich halbwegs fürsorglich. Ich schüttle den Kopf. »Na also. Dann hole ich gleich die andere raus.«

Diesmal schaffe ich es, mein Auge geöffnet zu halten, und Dr. Ventropp braucht nur einen Anlauf, um mich von der Linse zu befreien. Puh! Geschafft!

Erleichtert will ich vom Behandlungsstuhl springen, als mich Ventropp, freundlich, aber bestimmt, wieder in den Sitz zurückdrückt.

»Nicht so schnell, junge Dame! Deine Augen sehen so rot aus, als wärst du ein Kaninchen! Da werfe ich erst mal einen Blick rein, um zu gucken, ob alles in Ordnung ist. Nicht dass du dir noch die Hornhaut mit diesen Billig-Linsen verkratzt hast.«

Vor Schreck fängt mein Herz an zu rasen. Kratzer auf der Hornhaut? Auweiowei – warum habe ich das bloß gemacht? Es war eine echte Schrottidee! Wieso bin ich nicht so schlau wie Theo, der hätte das niemals gemacht.

Dr. Ventropp fährt mir sein Sichtgerät vor den Kopf, ich lehne mich mit dem Gesicht daran, und er schaut durch die Lupen in meine Augen.

»Glück gehabt, Louisa. Da ist so weit alles in Ordnung. Ich gebe dir jetzt ein paar Augentropfen, die die Bindehaut etwas beruhigen. Die nimmst du bitte bis morgen drei Mal täglich. Und tust du mir einen Gefallen?«

»Ja?«

»Wenn du wirklich Kontaktlinsen haben möchtest, besprichst du das in Ruhe mit mir.«

Ich nicke.

»Das ist bei dir nämlich gar nicht so einfach. Du hast

eine starke Hornhautverkrümmung, auch Astigmatismus genannt. Den wir mit deiner Brille ganz gut korrigiert haben. Aber bei Kontaktlinsen ist die Sache nicht ganz so einfach. Die müssen speziell angefertigt werden, die gibt es nicht mal so eben im Laden. Wenn du welche trägst, die nicht extra dafür angepasst wurden, kann es dir nach einiger Zeit sogar passieren, dass du doppelt siehst. Das ist nicht ungefährlich.«

»Echt jetzt?« Obwohl mir eigentlich nicht danach ist, muss ich kichern und steigere mich langsam, aber sicher in einen Lachflash hinein. Dr. Ventropp schaut erstaunt, und aus den Augenwinkeln kann ich sehen, dass mir Fanny einen bösen Blick zuwirft. Sorry, ich kann auch nichts dafür! Ich glaube, es ist die pure Verzweiflung, weil mein grandioser Plan gleich zum Start so in die Hose gegangen ist. Aber das weiß ja Dr. Ventropp nicht. Und ich kann einfach nicht aufhören zu lachen.

Was für ein schrecklicher Tag! Kann der bitte ganz schnell vorbei sein?

Superheld

3. Kapitel

»Ey, Winter! Wann startest du denn den nächsten Versuch mit Kontaktlinsen? Die Brille sieht ja wirklich kacke aus.«

Meine erste Begegnung mit Clarissas Clique habe ich heute früh am Fahrradständer. Diesmal ist es Charly, die mir mit ihrer liebreizenden Art sofort den Tag versüßt. Ironie off: Seit einer Woche haben die mich in der Schule komplett ignoriert, aber heute scheinen sie auf mich gewartet zu haben. Eindeutig Überzahl also, denn ich bin allein. Theo muss noch Bücher aus dem letzten Schuljahr abgeben, der ist vom Fahrrad direkt Richtung Bibliothek gesprintet. Ich merke, wie die feinen Härchen an meinem Nacken anfangen, sich aufzustellen.

»Wir dachten, wir helfen dir mal durch die Drehtür«, sagt Maggi, und die drei anderen fangen an zu lachen. Es ist kein fröhliches, sondern ein fieses, hämisches Lachen.

»Wir wollen doch nicht, dass dir wieder was passiert«, ergänzt Rike, und nun ist das Lachen so laut, dass sich schon die beiden Sechstklässler, die gerade einen Fahrradständer weiter ihre Räder anschließen, zu uns umdrehen. Mir wird ganz flau im Magen. Dann schließe ich mit zittrigen Händen mein Fahrrad an und versuche, möglichst cool an den Mädchen vorbeizugehen.

Ich habe es schon fast geschafft, als plötzlich Charlys Bein nach vorn schnellt. Ich stolpere, verliere das Gleichgewicht und falle der Länge nach hin, lasse dabei meine Tasche los, die sich im Fallen öffnet, sodass sich sämtliche Schulhefte vor mir auf den Weg verstreuen. Auch meine Brille ist weg, sie ist direkt neben den Ständer gefallen – glaube ich jedenfalls. Genau sehen kann ich es ja nicht.

»Oh, Louisa, wie ungeschickt von dir!«, höre ich Clarissa feixen. Ich rapple mich hoch und versuche, erstens meine Hefte wieder einzusammeln und zweitens nicht zu heulen. Bevor ich bei drittens, der Suche nach meiner Brille, angelangt bin, hält sie mir jemand unter die Nase.

»Hier, deine Brille.« Eine freundliche Stimme. Gehört also definitiv nicht zu Clarissa und ihren Freundinnen. Ich blicke nach oben. Okay, ich bin ein Maulwurf, aber wenn ich mich nicht täusche, steht Jo aus der 10c vor mir und hält mir die Brille vor die Nase. Hallo?!? Habt ihr das gehört? *Jo aus der 10c!!!* Johannes Hammerstein aus der 10c ist der mit Abstand bestaussehendste Junge an unserer gesamten Schule – und außerdem ist er auch noch wahnsinnig nett und charmant und klug und einfühlsam. Also, nicht dass ich ihn richtig kennen würde oder jemals ein Wort mit ihm gewechselt hätte, aber es kann gar nicht anders sein. Wenn ich nicht schon auf dem Boden läge, würde ich es jetzt mit Sicherheit tun, denn sein Anblick verursacht bei mir regelmäßig weiche Knie. Jo hat meine Brille aufgehoben und gibt sie mir gerade – ich bin fassungslos.

Ebenso fassungslos ist natürlich Clarissa. Sie steht jetzt auch neben mir und schaut mit aufgerissenen Augen zwischen Jo und mir hin und her. Also, glaube ich jedenfalls. Genau sehen kann ich es ja nicht.

»Hallo, Clarissa«, grüßt Jo und klingt dabei irgendwie ... kühl. »Nett, dass du deiner Freundin hier auch gerade helfen wolltest.«

»Äh, ja, Isi ist wohl irgendwie gestolpert.«

»*Isi*«, wiederholt Jo langsam. Klar, der kennt meinen Namen nicht. Niemand kennt den Namen eines Maulwurfs. Dann habe ich plötzlich Jos Hand vor meiner Nase. »Na komm, Isi, ich helfe dir hoch!«

Erst zögere ich, weil ich noch gar nicht glauben kann, dass Jo Hammerstein mir tatsächlich helfen möchte. Aber nachdem er keine Anstalten macht, in schallendes Gelächter auszubrechen, lege ich schließlich meine Hand in seine, und er zieht mich mit einem Ruck nach oben. Kaum stehe ich, habe ich fast schon wieder das Gefühl, zu fallen, so weich sind meine Knie jetzt tatsächlich. Mit äußerster Willenskraft gelingt es mir, nicht wieder auf den Boden zu sinken.

»Danke«, flüstere ich fast lautlos. Jo nickt mir nur kurz zu, dann geht er weiter. Ich hingegen bleibe wie vom Donner gerührt stehen. Wahnsinn! Jo kennt meinen Namen *und* hat meine Hand gehalten! Mein Leben hat wieder einen Sinn!

»Hallo? Erde an Isi! Bist du da draußen?«

Hä? Werwiewas?

»Louisa Winter? Bist du bei Bewusstsein?«

Theo steht vor mir und schaut mich fragend an. Ich schüttle mich kurz.

»Äh, jajaja. Natürlich.«

»Du siehst aus, als hättest du eine Erscheinung gehabt.«

»Hab ich auch.«

»Sicher. Und wer oder was ist dir erschienen?«

»Jo Hammerstein. Er hat mich berührt. Mit seiner eigenen Hand hat er meine Hand angefasst. Es ist unglaublich. Ich werde mir nie wieder die Hände waschen.«

Theo pfeift laut. »Wow. Du scheinst bei deinem Drehtürunfall doch richtig was abbekommen zu haben. Wer bitte ist Jo Hammerstein?«

Ich reiße die Augen auf. »Du kennst Jo Hammerstein nicht?«

Kopfschütteln. »Nee. Nie gehört.«

»Er ist der coolste und hübscheste Junge auf der ganzen Schule.«

»Wie bitte? Ich glaub, mein Schwein pfeift. Der coolste und hübscheste Junge auf der ganzen Schule ist doch wohl eindeutig Theo Zacharakis!«

»Ja, ja, hast ja recht«, antworte ich grinsend und klopfe

Theo auf die Schulter, »ich meinte natürlich: außer Theo Zacharakis.«

»Aber jetzt mal im Ernst, Isi – was ist hier gerade los? Und wieso stehst du immer noch wie angenagelt bei den Fahrrädern? Ich bin extra noch mal zurück, um dich zu suchen.«

»Ich hatte einen kleinen Zusammenstoß mit Clarissa und ihrer Clique. Charly hat mir ein Bein gestellt, und dann habe ich mich voll hingepackt.«

»Aha. Deswegen liegen hier überall deine Hefte rum?«

Theo deutet auf den Boden vor mir, auf dem tatsächlich noch der gesamte Inhalt meiner Tasche verstreut ist.

»Genau.«

»Mann, Mann, Mann. Dich kann man keine fünf Minuten allein lassen.«

»Tja. Zum Glück war Jo da. Er hat meine Brille gesucht und mir wieder auf die Füße geholfen.«

»Verstehe. Das ist dann also dein neuer Superheld. Autsch.« Er tut so, als würde er sich das Herz aus der Brust reißen. »Es tut weh, so einfach ersetzt zu werden, meine Liebe! Kleine Frage am Rande – wieso hat er nicht auch gleich alle Hefte aufgesammelt, wenn er doch so ein toller Typ ist? Das reicht noch nicht zum Hundert-Prozent-Gentleman.«

Hm. Da hat Theo irgendwie recht. Also, vielleicht war Jo doch nicht hilfsbereit, sondern hatte einfach nur Mitleid? Hat sich also nur verpflichtet gefühlt, mir zu helfen, wollte dann aber schnell weg? Weil man mit so einer peinlichen Nummer wie mir natürlich ungern gesehen wird? Dieser Gedanke versetzt mir einen Stich ins Herz – da ist sie hin, die gute Laune.

Während ich in finstersten Gedanken versinke, hat sich Theo offenbar die Mühe gemacht, meine Hefte aufzusammeln. Jedenfalls drückt er mir jetzt einen Stapel in die Hand, verbunden mit einem aufmunternden »Komm schon!« und einem Knuff in meine Seite.

»Danke, Theo«, murmle ich, stecke die Hefte wieder in meine Tasche und trabe hinter ihm her.

Als ich den Klassenraum betrete, stehen Clarissa und Co. im Kreis und stecken die Köpfe zusammen. Sie tuscheln und kichern – ich bin mir zu tausend Prozent sicher, dass sie über mich reden. Ätzend! Jetzt dreht sich Clarissa sogar zu mir um und zeigt mit dem Finger auf mich. So eine Frechheit! Ich wollte ja, dass sie mich im neuen Schuljahr endlich mal bemerkt, aber doch nicht so!

»Ey, Clarissa, komm rüber, wenn du uns was zu sagen hast«, ruft Theo auf einmal, und ich falle deswegen fast ein zweites Mal in Ohnmacht.

»Nicht!«, zische ich ihm zu. »Lass das doch!«

Aber Theo lässt sich von mir leider nicht einfangen.

»Oder hast du mal wieder nur gelästert?«, setzt er nach, als Clarissa nicht reagiert.

»Hey, Zacharias oder wie du heißt, wie kommst du drauf,

ich könnte von euch beiden was wollen?«, zickt Clarissa nun zurück. »Ihr seid so was von unter meiner Wahrnehmungsschwelle, das glaubst du gar nicht.«

Rike und Charly kichern, die restliche Klasse beginnt ebenfalls zu lachen. An Theos Gesichtsausdruck kann ich sehen, dass ihm das völlig wumpe ist. Aber ich fühle mich schrecklich. Ich hasse diese Form von Aufmerksamkeit!

Gott sei Dank kommt in diesem Moment Herr Gambati durch die Tür gerauscht. Ich sage gerauscht, weil ich es auch wirklich so meine – Gambati ist in voller Fahrt und wirft schwungvoll ein Buch auf den Tisch.

»So, liebe 8d«, ruft er fröhlich, »ich hatte heute Morgen unter der Dusche eine Spitzenidee. *Mega* – wie ihr vermutlich sagen würdet.«

Ein Stöhnen geht durch die Reihen. Wenn Lehrer eine Spitzenidee haben, verheißt das selten etwas Gutes. Meist läuft es auf mehr Arbeit raus. Etwa so was wie *mehr Gedichte auswendig lernen* oder auch einen *neuen Wochenplan abarbeiten*. Nein, eine Spitzenidee ist keine gute Nachricht!

»Nun würde ich gern eure Meinung zu dieser Idee hören«, fährt er ungerührt fort. »Also, ich habe euch doch in unserer allerersten Stunde die Theater-AG vorgestellt und gesagt, dass wir schon ein neues Stück in Planung haben. Dann habe ich mich gestern Abend mit meiner Frau darüber unterhalten, die, wie ihr vielleicht wisst, Regisseurin am Operettenhaus ist.«

Gemurmel, Nicken und Kopfschütteln gleichzeitig. Ich

wusste ehrlich gesagt nicht, was die Frau von Herrn Gambati beruflich macht. Ich wusste bis eben noch nicht einmal, dass er verheiratet ist. Und was das alles mit der Theater-AG zu tun hat, raff ich auch nicht.

»Ich habe meiner Frau erzählt, dass ich in diesem Schuljahr gern *Romeo und Julia* mit der Theater-AG aufführen möchte.«

Hm. *Romeo und Julia*? Worum ging's da noch mal? Auch so ein alter Schinken, glaube ich. Irgendwie 'ne komplizierte Liebesgeschichte, und am Ende sind alle tot. Oder? Meine Klassenkameraden scheinen auch nachzudenken und sich gegenseitig zu fragen, wer das Stück kennt. Jedenfalls setzt ein reges Flüstern zwischen den Bänken ein.

Herr Gambati klatscht in die Hände. »Okay, ich sehe schon, ihr kennt das Stück. Das ist prima. Meine Frau kennt das Stück natürlich auch. Und wisst ihr, was sie gesagt hat?«

Schweigen, und zwar sofort.

Gambati lacht. »Na gut, ihr müsst nicht raten. Sie hat gesagt: *Dir fällt ja auch nichts Neues ein.* Ja, echt! Das hat sie mir einfach so um die Ohren gehauen.«

Haha, Frau Gambati scheint schwer in Ordnung zu sein! So ganz taufrisch ist *Romeo und Julia* echt nicht. Okay, wahrscheinlich besser als *Kabale und Liebe*, aber auf keinen Fall neuer.

»Na, jedenfalls habe ich darüber nachgedacht und festgestellt, dass sie nicht ganz unrecht hat. Ich habe recherchiert: *Romeo und Julia* ist tatsächlich eines der am häufigsten aufgeführten Stücke von Schülertheatern. Liegt natürlich daran, dass das Stück so gut ist. Na klar, und Liebe ist immer aktuell. Und wisst ihr, was ich dann gemacht habe?«

Oh nein, wie nervig! Wird das jetzt 'ne Quizshow hier? *Wer wird Millionär*, nur ohne Millionär? Ich lege den Kopf auf die Tischplatte. Wie konnte ich jemals denken, die achte Klasse würde super werden?

»Na gut, ich will euch nicht länger auf die Folter spannen: Ich habe meine Frau gefragt, ob sie Lust hat, mit uns zusammen etwas zu inszenieren – und sie hat *Ja* gesagt!«

Er macht eine Kunstpause, ganz so, als würde er erwarten, dass wir jetzt alle vor Begeisterung über diese sensationelle Mitteilung total durchdrehen. Aber niemand sagt ein Wort, und tatsächlich sieht Gambati jetzt ein bisschen enttäuscht aus. Er räuspert sich.

»Also, mal zum Verständnis: Meine Frau ist eine Weltklasse-Musical-Regisseurin. Wenn sie uns unter die Arme greift, traue ich uns zu, mal was ganz anderes als sonst auf die Beine zu stellen. Nämlich ein richtiges Musical! Das gab's noch nie an der Heinrich-Heine-Schule.«

Ein Musical? Sofort hebe ich meinen Kopf von der Tischplatte – Theater finde ich schon toll, aber Musical ist einfach super, und außerdem kann ich ganz gut singen!

»Eine Idee, welches Stück wir nehmen könnten, hatte meine Frau auch schon. Und da werdet ihr garantiert gleich richtig jubeln – ich rede von *High School Musical*!«

Jetzt sind wir wirklich begeistert. Kein Wunder – das ist

ja echt mal was anderes – man könnte sagen: schon fast modern! Eine Geschichte von jemandem, der noch lebt! Ich habe alle Teile im Fernsehen gesehen, und Zac Efron ist einfach Zucker. Nicht so toll wie Jo, natürlich nicht, aber auch sehr süß.

»Sie meinen wirklich das Disney-Musical mit Troy und Gabriella?«, fragt Rike nach. »In dem auch viel getanzt wird? Wow! Und die Theater-AG kriegt das hin?«

Gambati nickt. »Ja, das kriegen wir hin. Das Projekt wird allerdings ein bisschen größer als sonst, also werde ich es unserem Direktor vorstellen. Aber bevor ich das tue, möchte ich eure ehrliche Meinung: Wie findet ihr die Idee?«

»Genial!«, juchzt Clarissa und springt von ihrem Platz auf. »Ich kenne fast alle Lieder auswendig, die Moves sind für mich auch kein Problem. Ich werde eine phantastische Gabriella sein!«

Na super. Die Rollenverteilung wäre also schon mal geklärt.

Party People

4. Kapitel

In der Geschichtsstunde bei Frau Mayerbach hat sich die Aufregung über die Aussicht, ein echt cooles Musical aufzuführen, wieder komplett gelegt. Liegt wahrscheinlich auch an der völlig eintönigen Art, in der die Mayerbach da vorn gerade über Absolutismus doziert. Gähn, gähn, *gähn*. Ich schlafe wirklich gleich ein.

»*Im Absolutismus besitzt der Herrscher eine eigene Machtvollkommenheit, und zwar ohne Mitgestaltungsrechte anderer Gruppen, wie etwa einem Parlament oder einer Ständevertretung. In Frankreich begann sich diese Herrschaftsform Anfang des ...*«

Die Stimme verschwimmt zu einem fernen Rauschen, ich bin längst bei einem anderen, viel spannenderen Thema. Mein nächster Geburtstag. Am 7. September, also nächste Woche, werde ich vierzehn. Letzte Woche war ich noch fest davon überzeugt, ihn als neue Isi Winter mit einem Haufen neuer Freunde feiern zu können. Als Mitglied einer echten Clique, zu der ich so richtig dazugehören würde. Ich hatte mir vorgestellt, dass mir Clarissa mit großer Geste ein

T-Shirt überreichen würde, auf dem sie und alle ihre Freundinnen – die dann natürlich auch meine Freundinnen wären – unterschrieben hätten. Anschließend würden wir in den Chili Club gehen, und ich würde das große Sushi-Schiff für alle bestellen, und Mama und Papa würden erlauben, dass wir auf meinen Geburtstag mit Erdbeer-Prosecco anstoßen. Jetzt weiß ich, dass das alles niemals so passieren wird. Zum einen würden mich meine Eltern, die mir nicht mal Kontaktlinsen erlauben, weil sie mich dafür zu jung finden, niemals Alkohol probieren lassen. Und zum anderen würde Clarissa niemals zu meiner Geburtstagsfeier kommen. Wie hat sie das noch mal genannt? Unterhalb ihrer Wahrnehmungsschwelle. Tja, das war mehr als deutlich. Ob ich noch mal einen zweiten Versuch starten soll? Also Isi 2.0 reloaded? Aber wie? Ich müsste vielleicht mal herausfinden, was Clarissa so richtig klasse findet, und dann könnte ich ...

»Louisa, was genau hält dich gerade davon ab, dich an meinem Unterricht zu beteiligen?«

Ich schrecke aus meinen Gedanken hoch. Verdammt! Frau Mayerbach steht direkt vor mir.

»Ich ... äh ...«, stammle ich verlegen.

»Ja? Ich höre?«

»Also, äh ... der Absolutismus ...«, taste ich mich vorsichtig voran. Frau Mayerbach kneift die Augen zusammen und sieht noch nicht so wirklich überzeugt aus. Ich nehme also einen neuen Anlauf.

»Also der Absolutismus in Frankreich ...«

»Louisa, du hast geschlafen!«, kanzelt mich meine Lehrerin ab. »Wir sind mittlerweile schon in England.«

»In England?«, echoe ich.

»Genau. England.«

»Ach so. Ja, in England, da hatte der König natürlich auch allein das Sagen, und das nannte man dann eben Absolutismus, weil er ... äh ... absolut der Chef war.« Puh! Noch mal eben so rausgerettet! Gerade will ich mich zu meinen Klassenkameraden umdrehen und mich ein bisschen feiern lassen, so von wegen *voll schlagfertig, die Isi Winter*, da fängt erst Rike an zu kichern, dann folgen Clarissa und Charly, schließlich lacht sogar Valerie, mit der ich seit der Sechsten einigermaßen befreundet bin, und mit Valerie dann die gesamte 8d. Na super. Frau Mayerbach schüttelt mitleidig den Kopf.

»Nein, Louisa, in England war der König nun gerade nicht *absolut der Chef*, wie du es nennst. Gerade habe ich erklärt, dass es in England, ganz im Gegensatz zu den meisten anderen europäischen Monarchien, nie solch eine vollständige Machtfülle für den König gab. Oder, um es in deinen Worten zu sagen: Er war absolut nicht der Chef.«

Bei ihren letzten Worten grölen meine Mitschüler regelrecht, ein Blick zur Seite, und ich sehe, dass sich selbst Theo ein Grinsen nicht verkneifen kann. Treulose Tomate! Ich sinke auf meinem Stuhl zusammen und sage nichts mehr. Ist aber auch nicht nötig. Denn Frau Mayerbach hat sich längst umgedreht und setzt ihren doofen Vortrag fort. Absolutismus! Wenn interessiert's? Mich jedenfalls nicht!

In der nächsten Fünf-Minuten-Pause bleibe ich einfach auf meinem Stuhl sitzen. Die anderen Jungs und Mädchen sitzen auf den Tischen, laufen herum oder lehnen an den Wänden, und nicht wenige unterhalten sich über den Vorschlag von Herrn Gambati. Aber selbst dazu habe ich keine Lust. Ist doch sowieso egal, was ich dazu zu sagen habe. Offenbar finden mich hier alle doof. Na und? Geht mir genauso. Ich finde euch auch alle doof! Okay, das ist natürlich gelogen. Tu ich gar nicht. Ich bin nur gerade richtig gefrustet.

Valerie setzt sich neben mich. Das heißt, ich sitze noch auf meinem Stuhl, und Valerie setzt sich auf den Tisch dazu.

»Hey, Isi!«, grüßt sie mich freundlich. »Du guckst so böse, kann ich dich aufmuntern? Wie waren deine Ferien?«

Ich starre sie an. »Ist das dein Ernst? Natürlich gucke ich böse! Nach der Nummer eben doch wohl logisch. Also womit solltest du mich aufmuntern können?«

Sie zuckt mit den Schultern. »Na ja, immerhin ist noch super Wetter.« Sie zeigt aus dem Fenster. »Guck mal, strahlender Sonnenschein. Das wird bestimmt super heute Abend.«

Heute Abend? Da klingelt bei mir gar nichts, und entsprechend ahnungslos gucke ich wohl aus der Wäsche. Valerie erschrickt, das kann ich an ihrem Gesichtsausdruck genau ablesen.

»Oh, ähm, bist du etwa gar nicht ... Also, weißt du noch nichts ... ähm, also ...« Sie verstummt und schaut sich Hilfe suchend um.

»Was weiß ich noch nicht?«, hake ich nach.

»Das Grillen. Heute Abend an der Elbe. War Clarissas Idee. Damit sich alle in der neuen Klasse besser kennenlernen. Sie hat es in den Klassenchat geschrieben.«

»Klassenchat?«

»Ja, äh ... den hat Clarissa doch schon letzte Woche eingerichtet. Super Idee, finde ich.«

Ich mustere sie grimmig. »Ja, eine ganz tolle Idee. Wenn man drin ist.«

Valerie wird rot im Gesicht. Die Sache ist ihr sichtlich unangenehm.

»Ähm, ich muss noch schnell mal wohin, bevor die nächste Stunde anfängt.« Damit hüpft sie von der Tischplatte und läuft aus dem Klassenzimmer.

»Ja, geh du noch mal schnell WOHIN!«, brülle ich ihr wütend hinterher, was natürlich völlig unnötig ist, weil Valerie ja nichts dafür kann, dass die blöde Clarissa einen Klassenchat gründet und nur mich nicht hinzufügt.

»Wuuhuuu, was ist denn mit dir los?«, erkundigt sich Theo, der gerade wieder neben mir Platz genommen hat.

»Wusstest du, dass es einen Klassenchat gibt?«, frage ich ihn. Er schüttelt den Kopf.

»Nee.«

»Gibt es aber. Clarissa hat ihn eingerichtet. Und alle

sind drin. Also, fast alle. Nur wir ganz offensichtlich nicht.«

Theo zuckt mit den Schultern. »Na und? Ist doch perfekt. Stell dir mal vor, du würdest auch noch Nachrichten vor der Zicke bekommen. Wie schrecklich wäre das denn?«

»Darum geht es doch gar nicht! Heute Abend gehen alle zusammen an der Elbe grillen, und nur wir sind nicht dabei.« Ich merke, wie sich in meinem Hals ein richtiger Kloß bildet. Bei dem Gedanken, dass wir so ausgeschlossen werden, könnte ich glatt heulen.

»Du hast recht, das ist wirklich mies. Aber willste jetzt zu Clarissa gehen und dich beschweren? Würde ich lassen. Andererseits, wenn es eine Klassenveranstaltung ist, sollten wir beschließen, dass wir nur versehentlich nicht im Chat sind, und heute Abend einfach hingehen. So eine Scheißaktion sollten wir uns von Clarissa jedenfalls nicht gefallen lassen.«

»Ich weiß nicht. Ich glaube, das ist nichts für mich.«

»Wieso? Außer Clarissa und ihren doofen Hühnern wird sich niemand wundern, wenn wir kommen. Im Gegenteil, die anderen werden es doch eher komisch finden, wenn wir nicht da sind. Ich glaube kaum, dass jemand sich die Mühe gemacht hat, zu checken, ob wirklich die gesamte 8d in der Gruppe ist.«

Da hat er natürlich recht. Valerie klang wirklich überrascht, dass ich nichts von der Party wusste. Und wer weiß – vielleicht war es wirklich nur ein Versehen? Das ist zwar mehr als unwahrscheinlich, aber völlig ausschließen kann ich es natürlich nicht. Ich seufze.

»Okay, wenn du mitkommst, dann würde ich hingehen. Dann müssen wir nur noch herausfinden, wo das Grillen stattfindet. Die Elbe ist schließlich lang.«

Theo grinst. »Genau genommen 1094 km. Da würden wir 'ne Weile suchen, bis wir Clarissa und Co. finden.«

Als ich nach der Schule zu Hause eintrudle, bin ich schon wieder ganz gut gelaunt. Theo hat einfach Navid gefragt, wo das Grillen stattfindet, und behauptet, er hätte sich aus Versehen aus der Gruppe gelöscht. Also hat ihm Navid ganz brav einen Screenshot mit Treffpunkt und Uhrzeit geschickt. War kein Problem.

Ich öffne die Haustür und erschnuppere den verführerischen Duft von Kartoffelpüree und Fischstäbchen. Mhhhm! Mein absolutes Lieblingsgericht! In der Küche klappert Fanny mit Tellern und Gläsern, ich gehe zu ihr, um ihr beim Aufdecken zu helfen.

»Hallo, Schatz!«, begrüßt sie mich fröhlich. »Wie war es in der Schule?«

»Gemischt«, antworte ich wahrheitsgemäß.

»Gemischt? Was ist das denn für eine ulkige Antwort?«

»Na ja, erst war es ganz schrecklich. Dann traumhaft. Dann gut. Dann war es mittel, dann wieder richtig schlecht und am Ende wieder gut. Also insgesamt gemischt«, erkläre ich meiner Großmutter. Die zieht die Augenbrauen hoch.

»Ich glaube, das musst du mir genauer erklären.«

»Gleich. Erst mal muss ich was essen. Ich habe Riesenhunger!«

Ich stelle die Teller und Gläser auf den Küchentisch und lege das Besteck hin, Fanny kommt mit den dampfenden Schüsseln dazu. An meinen langen Schultagen esse ich immer in der Cafeteria, aber wenn ich mittags Schluss habe, werde ich von Fanny bekocht. Das ist echter Luxus – es schmeckt so viel besser als in der Schule. Meistens kommt Theo deshalb auch mit, aber heute gibt's 'ne Sondersitzung vom Organisationskomitee »Schulfest«, bei dem er mitmacht. Ist mir auch recht, bleiben mehr Fischstäbchen für mich!

Nachdem ich mir die ersten drei mit einer ordentlichen Menge Püree reingehauen habe, beginne ich, zu erzählen.

»Also, die Kurzfassung geht ungefähr so: Erst haben mir Clarissa und ihre Mädels aufgelauert, und Charly hat mir ein Bein gestellt. Dabei habe ich meine Brille verloren. Dann hat Johannes – der tollste Junge überhaupt – sie für mich aufgehoben. Und dann hat Herr Gambati gesagt, dass die Theater-AG demnächst ein Musical aufführen wird, und da will ich natürlich unbedingt mitmachen. Danach hat mir unsere Super-Schnarch-Geschichtslehrerin vor der gesamten Klasse so richtig einen reingewürgt, und dann habe ich festgestellt, dass Clarissa eine Grillparty macht und alle eingeladen hat, nur mich und Theo nicht. Aber das ist jetzt doch nicht so krass schlimm, weil Theo die gute Idee hatte,

Navid zu fragen, wo die Party stattfindet. Und deshalb gehe ich da heute Abend doch hin. Und deswegen war mein Tag heute echt gemischt, aber am Schluss gut.«

»Puh!« Fanny schüttelt den Kopf. »Da war ja ordentlich was los bei dir! So viel erlebe ich in einem ganzen Monat nicht!«

Ich muss lachen, weil das garantiert glatt gelogen ist. Meine Großmutter ist nämlich sehr unternehmungslustig. Wenn sie nicht gerade auf mich aufpasst, fährt sie mit ihrem zum Wohnmobil umgebauten VW-Bus durch die Weltgeschichte.

Erst lacht Fanny mit mir zusammen, aber dann setzt sie ein nachdenkliches Gesicht auf.

»Aber sag mal, wieso willst du überhaupt auf die Feier von jemandem gehen, der dich absichtlich nicht einlädt? Das ist doch total blöd!«

Ich überlege kurz. Die Frage ist echt berechtigt.

»Unter normalen Umständen würde ich das auch nicht machen. Aber die restliche Klasse weiß gar nicht, dass wir nicht eingeladen sind. Valerie dachte zum Beispiel, dass es wirklich ein ganz normales Klassenfest wäre, nur dass eben Clarissa und nicht unser Klassenlehrer es organisiert. Die war total überrascht, als ihr klar wurde, dass ich nichts davon weiß. Theo meint, wir sollten uns das von Clarissa nicht gefallen lassen. Also, dass sie uns einfach so ausschließt.«

Fanny legt den Kopf schief. Das macht sie gern, wenn sie überlegt.

»Na gut. Vielleicht stimmt das, und es ist in diesem Fall besser, hinzugehen. Aber generell solltest du dir nichts aus Leuten machen, die sich nichts aus dir machen.«

»Mach ich doch gar nicht!«, behaupte ich, was genau genommen ein klitzeklein wenig gelogen ist.

»Louisa Alexandra Winter!«, schimpft Fanny sofort mit strenger Stimme. »Erzähl mir nicht so einen Unsinn! Wir beide wissen doch genau, dass das nicht stimmt.«

Ich werde rot.

»Okay ... ich würde mich schon freuen, wenn ich mich mit Clarissa und ihren Freundinnen etwas besser verstehen würde. Und wenn sie mich auch zu der Party eingeladen hätte. Ich kann es dir auch nicht genau erklären – aber irgendwie ist Clarissa total wichtig an unserer Schule. Und wenn man zu ihrem Kreis dazugehört, dann ist man eben in den Augen der anderen irgendwie cooler. Ich weiß eigentlich, dass es doof ist – aber wenn ich ehrlich bin, wäre ich schon gern in ihrer Clique. Wenigstens ein bisschen.«

Meine Großmutter seufzt. »Was soll ich dazu sagen? Ich finde dich großartig, so wie du bist. Mit oder ohne Clarissa.«

Schätze mal, so geht es allen Großmüttern mit ihren Enkeln. Und ich weiß auch ungefähr, was Fanny mir sagen will. Theoretisch jedenfalls. Trotzdem freue ich mich schon tierisch auf heute Abend! Vielleicht werden Clarissa und ich ja doch noch Freundinnen ... wenigstens ein bisschen!

Unterirdisch!

5. Kapitel

»Was wollt *ihr* denn hier?« Clarissa klingt, als ob sie soeben eine sehr fette Spinne auf ihrem Kopfkissen entdeckt hätte. Mit anderen Worten: Erfreut klingt anders. War wohl doch kein Versehen, uns nicht einzuladen. Auch der Beginn unserer wunderbaren Freundschaft scheint nicht unmittelbar bevorzustehen. Theo ignoriert diesen äußerst kühlen Empfang stumpf.

»Hallo, Clarissa. War ja 'ne coole Idee von dir, die Sache mit dem Kennenlern-Grillfest. Wo sollen wir den Nudelsalat hinstellen? Ach, übrigens – du hast vergessen, mich und Isi zum Klassenchat hinzuzufügen. Hier sind unsere Nummern.«

Er drückt ihr einen Zettel in die Hand, den Clarissa völlig verdattert einsteckt.

»Was ist jetzt?«, fragt er dann.

»Wie? Womit?« Clarissa ist sichtlich aus dem Konzept gebracht.

»Na, der Nudelsalat! Wo soll der hin?« Theo grinst. Er scheint die Situation zu genießen.

Ganz im Gegensatz zu mir. Ich fühle mich ziemlich unwohl.

»Ähm, du kannst ihn da hinten auf die Decke stellen, das ist unser Buffet«, murmelt Clarissa und macht eine vage Handbewegung. Theo nickt, dann marschiert er Richtung Buffet los. Als ich kurz zögere, packt er mich am Ärmel meiner Jacke und zerrt mich hinter sich her.

»Aua!«, beschwere ich mich. »Nicht so grob!«

»Mann, Isi! Du stellst dich so dämlich an, wenn du aufgeregt bist, da will ich sicher sein, dass ich an deiner Seite bin. Also komm jetzt mit, anstatt da wie festgetackert rumzustehen!«

Widerwillig folge ich ihm. Ich bin überhaupt nicht aufgeregt! Okay, ich habe Herzrasen und sehr kalte Hände, und das, obwohl ich gleichzeitig schwitze. Aber aufgeregt? Ich doch nicht! Was soll es mir auch schon ausmachen, auf einer Party aufzukreuzen, auf der meine ganze Klasse versammelt ist und zu der nur ich nicht eingeladen wurde? Eben! Da bleibe ich doch ganz cool. So gar nicht! Natürlich bin ich total aufgeregt! Ich habe einen Puls von 250 und neben den kalten Händen und den Schweißausbrüchen auch Ohrenrauschen! Warum habe ich mich bloß von Theo zu dieser Aktion überreden lassen?

»Aua!«

Völlig in meine finsteren Gedanken versunken, habe ich das Mädchen vor mir gar nicht bemerkt und bin einfach in sie reingestapft.

»Huch, 'tschuldigung!«, nuschle ich und blicke auf.

»Oh, Isi, du bist ja doch gekommen! Freut mich!«

Es ist Valerie, die ich umgerannt habe, und sie sieht tatsächlich so aus, als ob sie sich freuen würde.

»Ja, war wohl irgendwie ein Missverständnis mit der Einladung.«

»Hab ich mir gleich gedacht. Ich meine – ist doch eine Klassenfeier. Logisch kommen da alle. Falls du Hunger hast – probier mal das Kräuterbrot. Hab ich selbst gebacken und ist ganz lecker geworden.«

»Danke, mach ich gleich.« Ich habe zwar überhaupt keinen Hunger, aber ich bin so dankbar über Valeries netten Empfang, dass ich wild entschlossen bin, ihr Kräuterbrot sehr, sehr lecker zu finden.

Kurz darauf stehe ich also mit einer Scheibe Kräuterbrot und einem Klecks Sour Cream auf einem Pappteller wieder neben Valerie. Theo hat in der Zwischenzeit Navid ausfindig gemacht, anscheinend unterhalten die beiden sich über etwas sehr Lustiges, denn Theo macht die lustigsten Verrenkungen, und Navid lacht sich schlapp darüber.

»Wie findest du denn unseren neuen Klassenlehrer?«, frage ich Valerie.

»Och, ganz nett. Deutsch ist überhaupt nicht mein Fall, aber Herr Gambati scheint ja ein ganz cooler Typ zu sein. Die Idee mit dem Musical zum Beispiel ... nicht schlecht, oder? Ich würde bei so etwas zwar nie mitmachen, ist aber voll in Ordnung, dass uns ein Lehrer mal fragt, wie wir das finden.«

Ich nicke. »Ja, fand ich auch gut. Und *High School Musical* wird definitiv lustiger als *Kabale und Liebe*. Ich würde schon gern mitmachen.«

»Bewirb dich bloß nicht auf die Rolle der Gabriella!«, warnt mich Valerie grinsend, und jetzt müssen wir beide lachen.

»Nein, nein, auf keinen Fall. Ich will das achte Schuljahr gern überleben.«

»Na, Mädels, gute Laune?« Theo stellt sich neben uns.

»Ja«, sagt Valerie, »wir stellen uns gerade vor, wie sich Isi beim Casting auf die Rolle der Gabriella bewirbt und deswegen von Clarissa durch den Fleischwolf gedreht wird.«

»Ts, ts, was ihr nun wieder habt! Die Clarissa ist doch sooo eine Nette!«, ruft Theo mit gespielter Entrüstung. Leider einen Tick zu laut, denn jetzt taucht Clarissa auf.

»Redet ihr etwa über mich?«, faucht sie gleich los. »Dass ihr überhaupt hierhergekommen seid – oberpeinlich!«

Valerie schnappt nach Luft. »Wieso denn? Du hast doch gesagt, das wird 'ne Klassenfeier. Ist doch wohl klar, dass dann alle kommen. Oder hast du Isi und Theo etwa absichtlich nicht eingeladen?«

Clarissa hebt die Augenbrauen und mustert Valerie abschätzig. Die scheint unter diesem Blick tatsächlich zehn Zentimeter zu schrumpfen.

»Was heißt schon absichtlich? Ich dachte mir, dass ich den beiden mit einer Einladung überhaupt keinen Gefallen tun würde. Immerhin sind die beiden doch diese Art von Party überhaupt nicht gewohnt.«

Valerie schaut verständnislos. »Wieso sind die denn keine Party gewohnt?«

Clarissa gibt ein verächtliches Geräusch von sich, so als könne sie Valeries Frage gar nicht fassen. »*Diese Art* Party. Mit den richtigen Leuten. Den coolen, angesagten Leuten. Ich wollte verhindern, dass sich Isi und Theo unwohl fühlen, weil sie so deplatziert wären. Davon hat doch niemand etwas. Ich nicht, die anderen Gäste nicht – und Isi und Theo erst recht nicht. Ist doch wohl logisch.«

Dann dreht sie sich mit einem Ruck um und läuft los, um jemanden zu begrüßen. Valerie, Theo und ich stehen schockgefrostet nebeneinander, keiner von uns sagt etwas, nicht mal Theo. Ich komme mir vor wie der letzte Depp. Aber es wird noch schlimmer – nämlich als ich sehe, wen Clarissa da jetzt so begeistert begrüßt: Jo! Er ist es tatsächlich! Jo Hammerstein kreuzt auf Clarissas Grillparty auf! Und er wird von ihr mit einem Küsschen links und rechts empfangen! Das glaube ich jetzt nicht – heute Morgen hat er sie doch noch so kühl behandelt!

Auch Theo hat genau gesehen, wen Clarissa da gerade am Wickel hat.

»Hey, ist das nicht dein Supertyp?«, erkundigt er sich, diesmal vorsichtshalber flüsternd. Ich nicke und stelle mich schnell so hinter Theo, dass mich Jo auf keinen Fall sehen kann.

»Ja, das ist Jo. Ich dachte, du kennst ihn nicht.«

»Na ja, ich habe in der Mittagspause ein bisschen recherchiert. Ich will doch wissen, wer gerade dabei ist, mich von meinem Podest zu verdrängen.« Er zwinkert mir verschwörerisch zu, und obwohl ich mich gerade richtig beschissen fühle, muss ich lächeln.

»Na ja, so ein Supertyp ist er wohl doch nicht. Wie man sieht!«, sage ich dann mit einem Seufzen.

»Kennst du den gut?«, erkundigt sich Valerie neugierig.

Ich schüttle den Kopf.

»Nee, eigentlich nicht. Ist ein Zehntklässler. Hat mir heute Morgen geholfen, als ich meine Brille verloren habe.«

Valerie legt den Kopf schief. »Sieht ja ganz süß aus. Na ja, für den sind wir wahrscheinlich alle Babys. Komisch, dass der überhaupt hierhergekommen ist. Wie macht Clarissa das bloß immer?«

Ich zucke mit den Schultern. Erstens weiß ich es nicht. Und zweitens will ich jetzt auch nicht weiter drüber nachdenken. Sonst springe ich gleich noch vor lauter Frust in die Elbe und stürze mich vor das nächste Containerschiff, das vorbeischwimmt.

Theo scheint meine Gedanken lesen zu können. »Willst du wieder gehen?«

Ich nicke. »Ja. Mir ist ein bisschen kalt, und müde bin ich auch.«

Fürsorglich hängt er mir seine Jacke über die Schultern.
»Dann komm. Ich bringe dich nach Hause. Tschüs, Valerie!«

»Oh, seid ihr schon wieder da?«
Meine Mutter ist überrascht, als Theo und ich um kurz vor neun über die heimische Schwelle stolpern. Verständlich, schließlich hätten wir bis zehn bleiben können, und ich glaube, ich bin noch nie früher als erlaubt nach Hause gekommen. Okay, um der Wahrheit die Ehre zu geben, war ich noch nicht auf besonders vielen richtigen Partys, auf denen ich bis in die frühen Morgenstunden hätte abfeiern können. Aber der ein oder andere Geburtstag war schon dabei, bei dem ich liebend gern bis spät in die Nacht geblieben wäre.

»Hallo, Frau Winter!«, begrüßt Theo meine Mutter. »Tja, es war dann doch irgendwie kälter als gedacht an der Elbe, und wir waren auch beide müde. Also sind wir wieder los. Ich fahr auch gleich weiter.«

»Alles klar. Dann grüß deine Mutter«, ruft Mama fröhlich, und Theo verabschiedet sich mit einem kurzen Winken von uns. Ich gehe in die Küche, um mir ein Glas Wasser zu holen. Meine Mutter folgt mir. Sie hat ihre Büroklamotten, in denen sie immer sehr schick, aber auch irgendwie streng aussieht, schon längst gegen eine weite Jeans und ein T-Shirt umgetauscht. Auch ihre schwarzen Haare, die sie morgens immer zu einem strengen Dutt zusammendreht, haben jetzt gewissermaßen frei und fallen in weichen, großen Wellen auf ihre Schultern. So mag ich sie echt am liebsten – nicht als toughe Anwältin, sondern ganz entspannt und privat.

»Hast du auch noch Hunger?«, will sie von mir wissen. Ich schüttle den Kopf.

»Nee, ich glaube, ich geh gleich ins Bett.«

Okay, diese Ansage war jetzt nicht so schlau von mir, denn damit rufe ich meine Mutter natürlich so richtig auf den Plan.

»Mausi, ist alles in Ordnung bei dir? Muss ich mir Sorgen machen?«

»Überhaupt nicht. Ich bin einfach nur müde.«

Mama lehnt gegen den Kühlschrank und guckt mich ernst an. »Einfach nur müde? Hm. Das kann ich kaum glauben. Dass du so früh wieder zu Hause bist, finde ich auch seltsam. Ich meine – du hast vorher eine gute Stunde im Bad verbracht. Und dann kommst du nach kurzer Zeit zurück und sagst, du bist müde? Komm, Mausi, erzähl mir mal, was wirklich passiert ist.«

Tja, manchmal merkt man eben, dass meine Mutter ziemlich lange Staatsanwältin war, bevor sie sich mit einer Kanzlei selbstständig gemacht hat. Man kann nicht wirklich etwas vor ihr verbergen.

»Es war eben nicht so toll, wie ich dachte. In meiner neuen Klasse finde ich eigentlich nur zwei Leute nett. Theo. Und Valerie. Alle anderen sind irgendwie doof.«

Mama legt die Stirn in Falten. »Von 28 Mitschülern sind nur zwei nett? Das kann ich kaum glauben.«

»Okay, vielleicht sind auch ein paar mehr ganz brauchbar. Aber Clarissa ist jetzt in meiner Klasse, und die hat irgendwas gegen mich.«

»Na und? Man kann nicht alle Kollegen gleich gern mögen.«

»Ja, aber wenn Clarissa einen nicht mag, dann ist das echt schlecht. Die kann einem das Leben in der Klasse echt vermiesen.« Ich seufze tief. »Ich wünschte, ich könnte das irgendwie ändern. Vielleicht könnte ich Clarissa mal einladen? Oder sie irgendwie beeindrucken?«

Mama schüttelt den Kopf. »Nee, nee, nee, also das hast du doch hoffentlich nicht nötig, dich bei so einer offensichtlich blöden Pute einzuschleimen. Du bist immerhin Louisa Winter, meine Tochter und ein verdammt heller Kopf. Wer deine Freundin ist, kann sich doch wohl glücklich schätzen! Das ist eine Ehre!«

Mama sagt das mit so viel Überzeugung, dass ich grinsen muss. Wenn auch ziemlich gequält.

»Ach, mein armes kleines Mädchen! Es ist wirklich nicht so leicht, wenn man dreizehn ist.« Jetzt nimmt sie mich in den Arm und drückt mich fest an sich. Normalerweise ist es mir immer unangenehm, wenn mich Mama behandelt, als wäre ich fünf, aber jetzt gerade fühlt es sich ganz gut an. Ich kuschle mich an sie, und sie gibt mir einen Kuss auf die Haare. Dann lässt sie mich wieder los und schaut mich an.

»Apropos dreizehn: Was wollen wir denn nun an deinem vierzehnten Geburtstag machen? Der ist nächste Woche, und ich konnte dir noch nicht entlocken, wie du ihn feiern willst. Du hast noch gar nichts dazu gesagt.«

Da hat sie recht. Anders als sonst habe ich noch kein Wort über meinen Geburtstag verloren. Meinen ursprünglichen Plan – also den mit Chili Club, Sushi-Schiff und Erdbeer-Prosecco – habe ich längst verworfen, erst recht nach dem heutigen Grillfest-Desaster. Nur gut also, dass ich meinen Eltern noch nichts davon erzählt habe. Immer doof, wenn man die zu etwas überredet, was dann doch nichts wird.

Ich zucke also einfach mit den Schultern. »Ach, ich weiß nicht. Ich glaube, ich will dieses Jahr überhaupt nicht feiern. Geburtstage werden völlig überschätzt.«

»So ein Quatsch! Das kommt überhaupt nicht in die Tüte!«

»Nein, ehrlich, Mama – der Gedanke an meinen Geburtstag deprimiert mich irgendwie.«

Jetzt bricht Mama in Gelächter aus. »*Der Gedanke deprimiert mich?* Im Ernst? Was soll ich denn sagen? Ich werde an meinem nächsten Geburtstag nicht 14, sondern 46. Und dein Vater wird schon 55. DAS ist erst deprimierend! Wir feiern deinen Geburtstag! Und wenn du dir nichts überlegen willst, dann mach ich das. Keine Widerrede! Betrachte mich ab sofort als deinen persönlichen Geburtstagsplaner!«

Gut. Dann ist Widerstand tatsächlich zwecklos. Meine Mutter macht immer genau, was sie sagt.

Zickenalarm

6. Kapitel

Was auch immer meine Mutter plant – sie macht es sehr geheimnisvoll. Es gelingt mir in den nächsten Tagen jedenfalls nicht, herauszufinden, wie ich meinen Geburtstag feiern werde. Ist mir aber auch ziemlich egal. So, wie ich ihn mir erträumt habe, wird er sowieso nicht.

Ein anderes Fest hingegen hat sich derart penetrant an meine Hacken geheftet, dass ich es leider nicht mehr ignorieren kann. Die Rede ist vom Schulfest. Seitdem Theo im Orgakomitee sitzt, will er mich ständig für irgendwelche Stände oder Einsätze einplanen. Gerade in diesem Moment hält er mir schon wieder einen Zettel mit Aktivitäten unter die Nase, um die sich noch jemand kümmern muss. Dabei will ich eigentlich nur die erste große Pause und mein Salamibrötchen in Ruhe genießen.

»Guck mal hier, Isi«, versucht er, möglichst überzeugend zu klingen, »am Waffelstand. Da sind wir echt noch ein bisschen dünn besetzt. Da könnten wir so eine Spitzenkraft wie dich ganz besonders gut brauchen.«

»Theo, ich hasse Waffeln. Und von Puderzucker bekomme ich allergischen Schnupfen.«

»Na gut. Dann vielleicht das Entenangeln? Leiht uns der Vater einer Schülerin aus der 6. Klasse. Der ist wohl irgendwie aus einer uralten Schaustellerdynastie und hat noch so einen Original-Volksfest-Entenangelstand.«

Ich schüttle den Kopf. »Nope.«

»Getränkeausgabe?«

»Auf keinen Fall.«

»Dosenwerfen?«

»Theo!«

»Ah, also Dosenwerfen!«

»Mann, ich will gar nicht mitmachen. Ich will überhaupt nicht zu diesem doofen Schulfest.«

»Es herrscht Anwesenheitspflicht.«

»Ich weiß. Vielleicht bekomme ich eine ganz, ganz schwere Erkältung, wer weiß ...«

Theo rollt mit den Augen. »Echt jetzt, Isi! So langsam nervt es. Ich verstehe ja, dass die ersten Tage an der Schule nicht so gelaufen sind, wie du dir das vorgestellt hast. Aber deswegen kannst du doch jetzt nicht das restliche Schuljahr alles hier schlimm finden und bei nichts mehr richtig mitmachen. Was meinst du, wie öde dann die nächsten Monate für dich werden?« Er schüttelt den Kopf. »Nee, aus dem Loch musst du nun ganz dringend wieder raus. Und wie kommst du da am besten wieder raus? Richtig! Indem du mir jetzt endlich beim Schulfest hilfst.«

Jetzt bin ich es, die die Augen verdreht. Aber Theo lässt nicht locker.

»Also, was jetzt, Winter?«

Ich schnaube einmal laut, dann gebe ich auf. »Okay. Dosenwerfen.«

Theo grinst. »Eine gute Wahl, Frau Winter! Das schreibe ich doch gleich mal auf meine Liste.«

»Tu, was du nicht lassen kannst. Ich geh schon mal zurück in die Klasse, ich will bei Herrn Gambati nicht zu spät kommen.«

»So, liebe 8d, heute ist euer Glückstag!«

Herr Gambati hat anscheinend richtig gute Laune. Er kam schon pfeifend in die Klasse, und auch jetzt steht er vorn an der Tafel und grinst von einem Ohr zum anderen. Dann nimmt er ein Stück Kreide und schreibt schwungvoll und in großen Buchstaben drauflos. Ich rücke meine Brille zurecht, um es besser lesen zu können: DIE PERFEKTE INHALTSANGABE. Och nö! Und das soll nun unser Glückstag sein? Wenn wir so ein ödes Thema behandeln? Auch die anderen fangen an, zu stöhnen und zu murren. Jetzt grinst Gambati noch breiter. Der Mann ist offenbar Sadist!

»Ja, ja, die perfekte Inhaltsangabe. Welcher Schüler möchte nicht gern wissen, wie man sie schreibt, oder?«

Er dreht sich wieder zur Tafel und streicht die Wörter mit einem schwungvollen Kreidestrich durch. Dann dreht er sich wieder zu uns.

»Keine Sorge. War nur ein kleiner Spaß. Ich habe wirklich gute Neuigkeiten: Herr Kipp-Zeh hat gestern seinen Segen für das Musicalprojekt gegeben. Das heißt, es kann losgehen! Und deswegen fangen wir jetzt nicht mit der Inhaltsangabe an, sondern hängen überall in der Schule Zettel für das Casting auf. Ich habe Tesafilm organisiert, bildet bitte Zweier- und Dreiergrüppchen und sucht die besten Plätze für Aushänge auf dem Schulgelände. Einverstanden?«

Aber so was von! Her mit den Zetteln! Begeistert klatsche ich in die Hände und bin nicht die Einzige. Ob sie sich wirklich alle so über das Musical freuen oder eher darüber, dass Deutsch jetzt ausfällt, weiß ich nicht. Ist aber auch egal. Als Gambati anfängt, die Zettel in kleinen Stapeln zu verteilen, schnappe ich mir gleich einen und lese ihn mir durch.

KOMM ZUM CASTING!

In diesem Schuljahr machen wir mit der Theater-AG etwas ganz Besonderes: Wir führen das bekannte *High School Musical* auf! Dafür brauchen wir dich! Wenn du gern schauspielerst, singst und tanzt, bist du bei uns genau richtig. Keine Sorge, Du musst kein Profi sein. Komm einfach zum Casting. Am 14. September in der siebten und achten Stunde im Musikraum. Wir freuen uns auf dich!

Mannomann, es kribbelt mir richtig in den Fingern! Ich muss unbedingt eine Rolle in diesem Stück ergattern, und wenn es nur der dritte Baum von links ist! Theo hingegen sieht völlig gelangweilt aus. Er schaut flüchtig auf den Zettel und gähnt.

»Interessiert dich das überhaupt nicht?«, wundere ich mich. Er schüttelt den Kopf.

»Nee. Warum sollte es? Ich bin nicht der Typ, der zu so einem Casting latscht. Und davon mal abgesehen – ich mach doch sowieso mit.«

»Ach, tust du das? Woher willst du das denn wissen?«

»Ist doch wohl klar: Ich spiele seit drei Jahren Trompete und Klavier in der Schulband. Wie bitte will Gambati ein Musical ohne Band aufführen? Das wird garantiert eine Co-Produktion zwischen der Theater-AG und der Crocodile Band. Ich kann aber schlecht gleichzeitig Trompete spielen und singen. Oder Klavier spielen und tanzen. Also bin ich raus aus der Casting-Nummer.«

Guter Punkt. Trotzdem oder gerade deswegen kommt mir eine richtig gute Idee.

»Wenn du denkst, dass du sowieso mitmachen musst, könntest du mir mit dem Casting helfen. Was hältst du davon, wenn wir zusammen einen Song vorbereiten, mit dem ich vorsprechen beziehungsweise vorsingen kann? Dann könnte ich eines der Lieder von Gabriella singen, und du begleitest mich. Wenn du am Klavier sitzt, könnten wir sogar ein Duett vortragen, das wäre mega!«

Ich warte gespannt auf Theos Antwort, aber bevor er noch irgendetwas dazu sagen kann, werden wir scharf von der Seite beschossen.

»Sag mal, Louisa Winter, kannst du mir bitte mal sagen, was das hier soll?« Clarissa ist direkt neben unserem Tisch aufgetaucht, und ich habe nicht den Eindruck, dass sie sich bei mir für den leckeren Nudelsalat von neulich Abend bedanken will.

»Ich habe gesagt, ich werde für die Gabriella vorsingen, und damit ist die Sache für dich auch schon erledigt. Ich bin seit zwei Jahren Mitglied der Theater-AG. Jeder weiß, dass ich eine unglaubliche Schauspielerin bin. Mach dich also nicht lächerlich, indem du zum Casting kommst. Noch dazu für eine Hauptrolle! Ich glaube nicht, dass du mit deiner Stimme hier irgendwen überzeugen wirst.«

Sie will gerade wieder gehen, da fasst Theo sie am Oberarm und hält sie zurück.

»Nicht so schnell, Clarissa. Wie du weißt, bin ich Musiker durch und durch und deswegen mit einem sehr feinen Gehör gesegnet. Und wenn ich mir deine Stimme so reinziehe, kann ich gar nicht glauben, dass sie auch nur im Entferntesten für Musicalsongs geeignet ist. Mir tun jetzt schon die Ohren weh von dem ganzen Gekreische. Also, vielleicht machst du es lieber wie Isi und übst auch noch ein bisschen. In der Hoffnung, dass sich deine Tonlage dann insgesamt ändert.«

Clarissa schnappt empört nach Luft. »Was fällt dir ein? Ich habe eine tolle Stimme und werde selbstverständlich die *Gabriella* singen! Und es ist schön, wenn du mit der Winter fürs Casting ein Duett vorbereitest – aber ich kann dir schon sagen, mit wem ich antreten werde: mit Jo Hammerstein. Er singt für den Troy vor. Wir haben uns beim Grillfest darüber unterhalten und dann beschlossen, gemeinsam zum Casting zu gehen. Gegen Profis wie uns habt ihr keine Chance!«

Was? Jo geht mit Clarissa zum Casting? Auf einen Schlag bekomme ich so schlimmes Ohrenrauschen, dass ich den Rest von Clarissas Gemeinheiten gar nicht mehr höre. Als sie schließlich wieder abzieht, sinke ich völlig benommen auf meinem Stuhl in mich zusammen. Theo legt mir einen Arm um die Schulter.

»Hey, Isi, mach dir nichts aus ihrem dummen Gelaber! Die will dich doch nur kleinkriegen, aber den Gefallen darfst du ihr auf keinen Fall tun!«

Ich drehe meinen Kopf zu Theo. »Hast du nicht gehört, was sie gesagt hat? Sie geht mit Jo zum Casting. Das ist eine Vollkatastrophe! Ehrlich!«

Theo schaut mich verwundert an, als würde er das Ausmaß der Dramatik nicht ganz verstehen. Aber wie soll ich ihm das auch erklären? Nicht nur, dass es Zeit ist, sich endgültig einzugestehen, dass Clarissa und ich wohl niemals gute Freundinnen werden – nein, jetzt ist auch völlig klar, dass Johannes am liebsten mit Clarissa als Partnerin singen würde. Und nicht mit mir. Das ist megadeprimierend!

»Hallo? Wieso das denn?«, erkundigt sich Theo nun. »Das kann dir doch egal sein, wem Herr Gambati die männliche Hauptrolle gibt. Ob dieser Jo nun zusammen mit Clarissa zum Casting geht oder in China ein Sack Reis umfällt, kommt dann so ziemlich aufs Gleiche raus. Ich weiß ehrlicherweise immer noch nicht, was du an dem Typ so toll findest. Aber falls es dich beruhigt: Es ist doch überhaupt nicht gesagt, dass der wiederum auf Clarissa abfährt. Ich glaube, sie tut nur so, weil sie hundertpro weiß, wie sehr dich das trifft.«

»Ach ja? Und wieso ist er dann auf ihre Party gegangen? Und geht mit ihr zum Casting?« Meine Stimme fängt an zu zittern, fast muss ich heulen.

»Also, erstens wusste er garantiert nicht, dass das Clarissas Party war, sondern hat gedacht, es ist das Klassenfest der 8d. Wer weiß, vielleicht hat er sogar nach dir Ausschau gehalten? Aber da du dich ja hinter Valerie versteckt hast, hatte er überhaupt keine Chance, dich zu finden und sich mit dir zu unterhalten.«

»Bleibt aber immer noch zweitens, die Sache mit dem Casting«, jammere ich. »Das kann sich Clarissa wohl kaum ausgedacht oder eingebildet haben.«

»Ich glaube, Jo ist auch schon länger in der Theater-AG. Also nicht ungewöhnlich, dass man auch mal zusammen vorspricht, so unter Kollegen. Heißt aber noch lange nicht, dass Clarissa der Traum seiner schlaflosen Nächte ist.«

Er grinst, und ich werde rot.

»Das habe ich auch nie behauptet. Johannes ist übrigens auch nicht der Traum *meiner* schlaflosen Nächte«, beeile ich mich, zu versichern.

»Nee, schon klar. Das bin ja auch ich, oder?«

Dazu sage ich jetzt nichts, muss aber grinsen. Theo klopft mir auf die Schulter.

»Siehst du, so gefällst du mir schon besser. Lass dir von dieser eingebildeten Ziege bloß nicht die Stimmung vermiesen.«

Ich seufze. »Okay, ich geb mir Mühe.«

»Na also, geht doch. Komm, lass uns die Zettel endlich aufhängen. Die anderen sind schon alle los.«

Ich nicke, dann stehe ich auf und hole den letzten verbliebenen Tesaroller vom Lehrerpult. Wahrscheinlich hat Theo recht. Ich sollte mich nicht von Clarissa runterziehen lassen. Ist nur leider sehr viel leichter gesagt als getan!

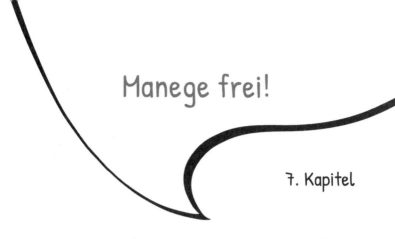

Manege frei!

7. Kapitel

»Was wünschst du dir eigentlich zum Geburtstag?«, will Valerie von mir wissen, als wir in der nächsten großen Pause in der Cafeteria anstehen.

»Woher weißt du denn, dass ich Geburtstag habe?«, frage ich erstaunt nach. Schließlich habe ich ja beschlossen, diesen Tag einfach zu ignorieren, und deswegen auch mit niemandem mehr darüber gesprochen.

»Hallo? Wir sind seit der Fünften in einer Klasse!« Valerie lacht. »Und außerdem hab ich doch die Einladung bekommen.«

»Welche Einladung?«

»Mann, Valerie, wie blöd kann man sein?«, mischt sich jetzt Theo ein, der gemeinsam mit uns wartet. »Das sollte eine Überraschung werden!«

»Oh, echt? Das wusste ich nicht«, stottert Valerie. »Hat mir niemand gesagt!«

»Nee, es stand ja auch nur fett in der Einladung drin, die ich dir gegeben habe.« Jetzt klingt Theo wirklich genervt.

»Stand es? Hm, vielleicht habe ich mir die noch nicht so ganz durchgelesen«, murmelt Valerie. »Tut mir leid!«, fügt sie schuldbewusst hinzu.

»Hallo! WELCHE Einladung?«, werde ich energisch.

Valerie und Theo seufzen im Chor, was sehr lustig klingt.

»Deine Ma hat ziemlich süße Einladungskarten für deinen Geburtstag gebastelt und mir mitgegeben. Sie sagt, sie ist dein Cheforganisator, und es soll eine Überraschung für dich sein. Das ist wohl gerade voll danebengegangen.«

»Oh nein! Es tut mir so leid!«, jammert Valerie.

»Schon gut«, winke ich ab. »Ich lese auch nicht alles zu Ende, was mir so in die Finger kommt. Aber jetzt, wo du es mir sowieso schon verraten hast, bin ich neugierig. Was plant meine Mutter denn?«

Valerie will offenbar gerade anfangen zu erzählen, da knufft Theo sie in die Seite.

»Valerie! Vorsicht! Ganz dünnes Eis! Wenn du jetzt auspackst, hast du bei Mama Winter garantiert bis in die Steinzeit verschissen. Also Klappe halten, verstanden?«

Valerie zuckt zusammen. »Äh, na klar. Also, du hörst es, Isi. Kein Wort mehr über deinen Geburtstag. Will schließlich keinen Ärger mit deiner Ma.«

Das sieht meiner Mutter mal wieder ähnlich. Wahrscheinlich hat sie Theo in guter alter Juristenmanier einen regelrechten Amtseid abgenommen und ihn zur absoluten Verschwiegenheit verpflichtet. Aber egal. Morgen ist schließlich schon mein Geburtstag, da werde ich es so oder so erfahren. Vermutlich hat Mama einen Tisch in irgendeinem feinen Restaurant bestellt. Unter »was Schönes machen« verstehen meine Eltern nämlich meistens, teuer essen zu gehen. Okay, ist jetzt nicht meine Vorstellung von einem tollen Abend, gibt aber Schlimmeres.

»Schon gut, Valerie«, gebe ich mich also großmütig, »musst mir nichts erzählen. Ich werde es ja sehen. Kann mir ungefähr denken, was es ist.«

Nein. Ich konnte es mir nicht ungefähr denken. Meiner Mutter gelingt tatsächlich eine echte Überraschung. Als es am nächsten Nachmittag um fünf Uhr an unserer Tür klingelt, stehen da nicht etwa Theo und Valerie. Nein, als ich öffne, um meine vermeintlichen Gäste in Empfang zu nehmen, stehen dort: ein Clown und eine Ballerina! Während der Clown zu einer sehr übertriebenen Verbeugung ausholt, macht die Ballerina einen tiefen Knicks vor mir. Was, zur Hölle, ist das?

»Ja, bitte?«, frage ich nach, um herauszufinden, was die beiden Gestalten von mir wollen. Vielleicht haben die sich auch einfach in der Tür geirrt. Genau, das wird es sein! Eine Verwechslung!

Der Clown räuspert sich. »Die herzlichsten Glückwünsche zum Geburtstag, hochwohlgeborene Prinzessin Louisa Alexandrine Wallburgis Gwendoline Sophie Charlotte von und zu Wintermärchen!« Dann zieht er einen Strauß Plastikblumen aus seiner Hosentasche. Wie der da reingepasst hat – keine Ahnung. Jedenfalls drückt er ihn mir in die Hand, und mir dämmert, dass es keinesfalls eine Verwechslung ist, sondern der Besuch tatsächlich mir gilt.

Nun stellt sich die Ballerina auf ihre Zehenspitzen und dreht eine Pirouette vor meiner Nase. Als sie wieder zum Stehen kommt, zaubert sie ebenfalls einen Plastikblumenstrauß unter ihrem Tutu hervor.

»Wer ist denn da?«, ruft Papa aus dem Wohnzimmer in Richtung Wohnungstür.

»Äh, also, ich weiß auch nicht so genau«, antworte ich wahrheitsgemäß, »sieht aus wie …«

»Gianfranco und Pipinella!«, ruft der Clown laut. »Wir sind Abgesandte des Cirque de la Lune und gekommen, die Prinzessin zu ihrem großen Abenteuer zu begleiten.«

What? Langsam wird mir die Sache unheimlich! Papa kommt nach vorn an die Tür.

»Ah, ausgezeichnet!«, begrüßt er die beiden lässig, als sei es das Normalste der Welt, dass solche Gestalten an unserer Haustür klingeln. Nun kommen auch Mama und Fanny dazu, die eben noch mit mir bei einem Stück Geburtstagskuchen saßen.

»Prima!«, ruft meine Großmutter und klatscht in die Hände. »Wir haben schon auf euch gewartet. Dann kann es ja endlich losgehen!«

Okay, die Sache ist klar: Ich bin offenbar schon mittendrin in meiner Geburtstagsüberraschung, und langsam steigt so etwas wie Vorfreude in mir auf. Was wird wohl als Nächstes passieren?

Meine Mutter beantwortet diese Frage sofort – sie wendet sich nämlich an die Ballerina und sagt: »Ist die Kutsche denn schon da?«

Eine Kutsche? Wahnsinn! Was hat sich Mama da bloß ausgedacht? Für weitere Fragen bleibt aber keine Zeit, denn jetzt stehen meine Eltern und Fanny mit Mänteln in der Tür, meine Mutter gibt mir meine Jacke, und schon sind wir alle auf dem Weg nach unten. Papa öffnet die Tür, und, tataaaa, dort wartet tatsächlich eine schwarze Kutsche mit einem Kutscher in roter Livree und zwei schwarzen Friesenpferden auf uns! Mir bleibt der Mund offen stehen, ich kann wirklich überhaupt nichts dazu sagen!

Muss ich aber auch gar nicht, denn nun bugsiert uns der Clown mit einer wedelnden Handbewegung ins Kutscheninnere. Dort wiederum sitzen bereits Theo und Valerie.

»Hey«, begrüßt mich Theo, »jetzt siehst du aber wirklich überrascht aus. War doch gut, dass Valerie nichts mehr gesagt hat, oder?«

Ich nicke, immer noch stumm. Ich kann nicht glauben, was hier passiert. Der Clown und die Ballerina nehmen neben dem Kutscher Platz, dann setzt sich die Kutsche auch schon in Bewegung, und wir rumpeln mitten durch die Stadt. Krass!

Als ich meine Sprache wiedergefunden habe, will ich es genauer wissen.

»Sag bloß, das hier gehört alles zu deinem Geburtstagsplan, Mama!«

Sie nickt.

»Aber ... aber ... das ist doch voll übertrieben! Ich meine, es ist megagut, Aber eben auch total übertrieben.«

Meine Mutter lacht. »Findest du? Ich finde das nicht. Du warst neulich so traurig und irgendwie hoffnungslos. Und dagegen ist doch ein echter Knallergeburtstag mit den Menschen, die man am liebsten hat, genau das richtige Mittel.«

Meine Mitreisenden nicken eifrig.

»Als mir deine Mutter erzählt hat, dass du deinen Geburtstag nicht feiern willst, konnte ich es gar nicht glauben«, klinkt sich jetzt mein Vater ins Gespräch ein. »Sie hat mir erklärt, dass es bei dir in der Schule gerade nicht so rundläuft, und das hat mich traurig gemacht. Weil ich nämlich in deinem Alter auch mal solche Probleme hatte. Also haben wir beide überlegt, ob uns nicht was Tolles einfällt. Und dann hat deine Mutter in der Zeitung gelesen, dass der Zirkus *Cirque de la Lune* wieder in der Stadt ist. Da ist bei mir der Groschen gefallen, denn diesen Zirkus haben Mama und ich vor einigen Jahren mal in einem großen Prozess vertreten und gewonnen. Also haben wir angerufen und gefragt, ob wir bei ihnen ein Geburtstags-Special für dich buchen könnten. Wie du siehst, hat es geklappt!«

Bei den letzten Worten strahlt mein Vater fast so wie der Clown mit seinem großen, aufgemalten Lachmund. Das ist ein seltener Anblick, denn normalerweise ist mein Vater ein ziemlich tougher, ernster Typ. Ich kann mir gar nicht vorstellen, dass er in der Schule mal mit ähnlichen Problemen gekämpft hat wie ich!

Die Kutsche kommt zum Stehen, der Clown öffnet die Tür, und ich steige aus. Direkt vor uns, auf dem großen Platz neben dem Fußballstadion, ist ein großes Zirkuszelt mit blau-roten Streifen aufgebaut. Normalerweise parken hier Autos, aber nun stehen dort Zirkuswagen und drei kleinere Zelte neben dem großen Zelt. Valerie springt aus der Kutsche und stellt sich neben mich.

»Wow, ich war schon ewig nicht mehr im Zirkus!«, ruft sie. »Das ist echt eine tolle Idee von deinen Eltern! Und mit einer Kutsche zu Hause abgeholt zu werden, war einfach der Hammer! Meine kleinen Geschwister haben sich überhaupt nicht wieder eingekriegt, um ein Haar wären die gleich mitgekommen!«

Theo sagt nichts zu dem ganzen Zirkus, aber an seinem Gesichtsausdruck kann ich sehen, dass er bis jetzt auch sehr zufrieden mit meinem Geburtstag ist.

Gianfranco und Pipinella weisen uns den Weg ins Zelt. Im Inneren führen sie uns zu einer Loge mit einem Tisch und sechs Stühlen direkt am Rand der Manege. Kaum sitzen wir, kommt auch schon ein Kellner, ebenfalls in roter Livree, und bringt ein kleines Küchlein mit einer brennenden Wunderkerze.

»Herzlichen Glückwunsch zum Geburtstag im Namen des *Cirque de la Lune*«, sagt er, dann stellt er den Kuchen auf den Tisch. Ich komme mir vor wie in einem Traum, es ist einfach phantastisch. Nachdem die Wunderkerze heruntergebrannt ist, bekommt jeder ein kleines Stück vom Kuchen. Saftiger Schokostreusel, lecker!

»Ich glaube, wir haben noch genug Zeit für die Geschenke«, meint Oma Fanny, zieht einen Briefumschlag aus ihrer Tasche und überreicht ihn mir. Neugierig linse ich hinein – und springe dann vor Freude von meinem Tisch auf. Es ist ein Gutschein für *richtige* Kontaktlinsen! Fanny grinst.

»Ich habe extra deine Eltern gefragt. Sie haben nichts dagegen, wenn wir noch mal zusammen zum Augenarzt gehen, um die Linsen vernünftig anpassen zu lassen.«

Mama nickt. »Mit vierzehn bist du alt genug für Kontaktlinsen. Fanny hat mir von dem Drama am ersten Schultag erzählt. Das muss sich nicht wiederholen.«

»Ich fand's eigentlich ganz lustig«, sagt Theo grinsend, »vor allem den Teil, als Isi in der Drehtür umgefallen ist, weil sie alles doppelt gesehen hat.«

»Haha, sehr witzig!«, kommentiere ich gespielt sauer.

»Oder als sie bei Herrn Gambati ohnmächtig geworden ist«, ergänzt Valerie fröhlich. »Ich dachte schon, sie hätte sich in unseren neuen Deutschlehrer schockverliebt und wäre deswegen vom Stuhl gefallen.«

»Was soll ich sagen – genau so war es!«, säusele ich. »Wenn ich Herrn Gambati sehe, bekomme ich Schnappatmung und Herzrasen.«

Meine Eltern und Fanny lachen, Theo schüttelt den Kopf.

»Da werde ich natürlich gleich eifersüchtig! Nur gut, dass ich etwas für dich habe, was dich von Herrn Gambati ablenken wird.«

Auch Theo hat einen Umschlag dabei – er enthält einen Gutschein für den AppStore meines Handys.

»Nicht besonders originell«, sagt Theo, »aber du kannst es hoffentlich trotzdem gebrauchen. Und falls nicht, behalte ich ihn und besorge dir was anderes.«

»Nein, nein«, antworte ich, »vielen Dank! Ab und zu spiele ich ganz gern was, und die meisten Spiele sind ja nur am Anfang kostenlos.«

Valerie überreicht mir etwas, das wie ein Schmuckkästchen aussieht – und sich bei näherer Betrachtung auch als ein solches herausstellt. Im Inneren verbirgt sich eine Silberkette mit einem kleinen Herz als Anhänger. Sehr hübsch! Ich nehme sie aus dem Kästchen und lege sie mir gleich um den Hals.

»Steht dir gut!«, findet Fanny. »Hier, guck mal.« Sie reicht mir einen Make-up-Spiegel aus ihrer Handtasche.

Ich betrachte mich und nicke glücklich. »Sieht toll aus, danke, Valerie!«

»Und von uns bekommst du natürlich auch noch etwas«, schließt sich meine Mutter der Geschenkekarawane an. »Ist allerdings nur eine Kleinigkeit, unser eigentliches Geschenk ist der Zirkusbesuch.« Sie reicht mir ein kleines, schmales Päckchen, das ich gleich öffne. Es ist ein Büchlein, das in hübsch gemustertes Papier eingeschlagen ist.

»Ich dachte, vielleicht würdest du gern mal ein Tagebuch führen«, erklärt sie mir dazu. Ich bin überrascht – wie kommt Mama denn auf die Idee? Tagebuch? Nee, bisher habe ich darüber überhaupt nicht nachgedacht.

Mein Vater scheint meine Gedanken zu erraten. »Ich glaube, du bist ein kreativer Kopf. Musst dich einfach mal mehr trauen!«, sagt er. »In so einem Tagebuch kannst du dich doch richtig austoben. Kriegt ja keiner mit. Ich glaube, 14 ist ein gutes Alter, um damit anzufangen. Ich war mit 14 geradezu poetisch veranlagt – jedenfalls für meine Verhältnisse.«

Er grinst, und ich blättere etwas ratlos in den leeren Seiten des Büchleins.

»Na gut, ich kann es ja mal versuchen«, sage ich artig.

»So ein Quatsch!«, poltert Fanny auf einmal los, und zwar so laut und heftig, dass wir sie alle mit offenem Mund anstarren. »Was soll das Kind denn damit?«, legt sie wütend nach. »Das ist doch völlig out! Wer schreibt denn heute noch in so ein Buch? Du weißt doch, dass Isi gern angesagter wäre – das wird ihr bestimmt nicht dabei helfen!«

»Aber Mutter«, widerspricht ihr mein Vater, »du hast doch selbst immer so ein Büchlein dabei. Ich kenne niemanden, der schon so lange Tagebuch führt wie du. Und bist du nicht diejenige, die uns allen immer predigt, dass wir nicht so viel auf die Meinungen anderer geben sollen? Ich dachte, gerade du würdest die Idee richtig gut finden!«

»Ach, papperlapapp! Was hat denn ein Tagebuch mit mehr Selbstbewusstsein zu tun? So etwas Hirnrissiges!«

»Schschh!«, macht meine Mutter und legt einen Zeigefinger an die Lippen. »Ganz ruhig, kein Streit! Wir wollen doch feiern, ihr Lieben!« Stimmt. Ich versteh gar nicht, was mit meiner Oma auf einmal los ist!

Mein Vater schüttelt heftig den Kopf. »Also, wenn meine Mutter jetzt denkt, dass ...«

Was Fanny denken könnte, erfahren wir nicht mehr, denn Gott sei Dank erlischt in diesem Moment das Licht im Zuschauerraum, und gleißendes Scheinwerferlicht lässt die Manege erstrahlen. Die Show geht endlich los!

Cloud No. 9

8. Kapitel

So toll der Abend im Zirkus auch war, so schnell hat mich die Wirklichkeit wieder. Ich liege auf meinem Bett und bin tierisch schlecht gelaunt. Die Schule ist momentan bestenfalls langweilig, schlimmstenfalls deprimierend. Theo geht mir mit seinen Schulfestvorbereitungen total auf den Keks, Clarissa zickt mich an, wo sie nur kann, und Herr Gambati scheint einfach nicht zu merken, dass ich kurz vor hochbegabt bin. Jedenfalls nimmt er mich fast nie dran, wenn mir gerade etwas besonders Schlaues eingefallen ist. Es ist zum Verzweifeln!

Außerdem habe ich das Gefühl, dass mich Jo seit dem Vorfall am Fahrradständer ignoriert. Immer, wenn ich ihm zufälligerweise auf dem Schulhof begegne, ist es, als ob er durch mich hindurchschaut. Okay, natürlich sind die Begegnungen auch nicht richtig zufällig, man könnte auch sagen, ich gucke schon ein bisschen, wo Jo sich gerade aufhält. Vielleicht hat er das gemerkt und meidet mich deswegen? Das wäre mir schrecklich peinlich!

Oder aber, ich bilde mir das alles nur ein, und Jo ist so zu mir, wie er schon immer war. Nämlich völlig gleichgültig. Wie kann ich das bloß ändern? Welchen Grund hätte ich, ihn mal von mir aus anzusprechen? Ich überlege kurz, ob mir nicht irgendein Vorwand einfällt, der nicht gleich als Vorwand zu erkennen ist. Ich könnte Jo natürlich fragen, ob er mir beim Dosenwerfen auf dem Schulfest hilft. Etwas Unterstützung wäre wirklich nicht schlecht. Theo wird bestimmt damit beschäftigt sein, wie ein aufgescheuchtes Huhn über das Fest zu rauschen und zu gucken, ob alles gut läuft. Valerie bietet Kinderschminken für die jüngeren Geschwister unserer Schüler an, die kann mir also auch nicht helfen – so gesehen wäre es nicht mal ein Vorwand, Jo zu fragen. Muss ich mich nur noch trauen!

Ich starre an die Decke und überlege, was genau ich zu Jo sagen könnte. Und was ich mache, wenn er »nein« sagt. Mich aus dem Fenster unseres Klassenraums stürzen? Bringt aus dem Hochparterre wahrscheinlich nichts außer aufgeschlagenen Knien. Die Sprache verlieren und nie wiederfinden? Dann wird es mit dem Vorsprechen nächste Woche schwierig. *Falsch, Isa,* sage ich mir selbst, *so darfst du nicht rangehen. Du musst dir vorstellen, dass er »ja« sagt. Überleg dir lieber, was du dann machst.* Gute Idee! Wieder ohnmächtig werden ist dann keine Alternative.

Aber irgendwie fällt mir auch dafür nichts ein. Stattdessen ziehe ich mein Handy aus der Tasche und daddle ein bisschen darauf herum. Ist aber irgendwie auch langweilig. Theos Geburtstagsgutschein! Ich könnte noch ein Spiel runterladen. Ich surfe also durch den AppStore und suche nach neuen Spielen. Da! Das klingt doch interessant! *FriendsCity – das Kultspiel aus Amerika!* Ich lese mir die kurze Beschreibung durch. *In deiner Welt bist du der Held! Erschaffe die Stadt deiner Träume und werde dort zum Star! Du hast es in der Hand, nichts ist unmöglich!*

Hm, keine schlechte Idee! Ich tippe auf »Kaufen« und gebe dann die Gutscheinnummer ein. Wenig später ist das Spiel schon auf mein Handy geladen und ploppt kurz danach auf. *Level 1. Baue deine Stadt: Wo möchtest du beginnen? Zu Hause? Im Büro? An der Uni?*

Ich überlege kurz. Ich denke, ich fange an dem Ort an, an dem ich mich die meiste Zeit aufhalte: Ich baue die Heinrich-Heine-Schule nach! Muss ich nur noch herausfinden, wie das eigentlich geht. Ich scrolle mich durch das Menü und finde schließlich die Beschreibung. Alles klar – total einfach: Wenn man in den Real-Life-Modus geht, kann man Handyfotos hochladen, und das Programm bildet dann ziemlich genau nach, was darauf zu sehen ist. Also suche ich auf meinem Handy nach Fotos von und aus meiner Schule und finde eine ganze Menge – das Haupthaus, das Mittelstufengebäude und die Sportplätze.

Ich lade sie hoch, und tatsächlich: Kurz darauf erscheint das Schulgebäude auf meinem Display. Zwar einigermaßen pixelig, aber trotzdem eindeutig die Heinrich-Heine-Schule. Ob das auch mit Menschen funktioniert? Mal gucken – ich lade ein Foto von mir hoch. Pling! Drei Sekunden später erscheint mein Avatar. Cool, das bin ich, kein Zweifel! Ich suche weiter in meinem Fotoalbum und lade Theo und Valerie hoch. Als Nächstes finde ich sogar noch Clarissa, Maggi und Charly in meinen Fotos. Und dann, tataa!, komme ich auf die gute Idee, unsere Schulhomepage nach Mitschülern abzusuchen, und werde bei den Klassenfotos fündig. Also ziehen noch Jo, Navid, Rike und der Rest der 8d bei FriendsCity ein, ein paar Mitschüler aus den Parallelklassen, dazu noch Herr Gambati, Herr Kipp-Zeh, Frau Mayerbach und unser Kantinenkoch Herr Balabaiev. Ich würde sagen, für eine Testrunde habe ich nun genug Personal zusammen. Also entwerfe ich meine erste Szene ...

Die Avatare treffen sich in der Kantine. Meinen Avatar habe ich statt Isi Lou genannt, was ich irgendwie cooler finde. Isi ist so ... lieb. Jedenfalls geht Lou in die Kantine, um sich ein Brötchen zu holen. Genau vor ihr in der Warteschlange steht: Jo! Er hat auch Hunger, und anders als sonst steht er nicht mit drei bis vier Kumpels rum und quatscht, sondern allein. Das ist die Chance für Lou! Als sich Jo kurz umdreht, grüßt ihn Lou freundlich, aber nicht zu freundlich. Eben einfach lässig. Und dann wird sie sogar ihren Wunsch los! Und zwar ohne zu stottern, zu stammeln oder rot zu werden.

»Sag mal, Jo, ich leite beim Schulfest das Dosenwerfen. Ich könnte noch ein bisschen Hilfe gebrauchen. Hättest du vielleicht Lust, mitzumachen? Ist schließlich für einen guten Zweck. Alle Einnahmen werden an unsere Partnerschule in Tansania gespendet. Und zu zweit macht so ein Stand auch viel mehr Spaß.«

Jo überlegt kurz, dann nickt er.
»Klar, mach ich. Wann soll ich wo sein?«
Anstatt in Ohnmacht zu fallen, antwortet Lou ganz ruhig.
»Neun Uhr im Foyer. Da will ich aufbauen.«
»Okay, ich bin da. Soll ich noch was mitbringen?«
Lou überlegt kurz.
»Nur gute Laune!«

Gute Szene! Warum kann mein normales Leben nicht so einfach sein? Aber vielleicht wird es ja so, wenn ich es nur oft genug übe. Machen Spitzensportler doch angeblich auch so. *Visualisieren*, oder wie sich das nennt, wenn man sich immer wieder ganz genau vorstellt, wie etwas passieren soll. Und was beim Tennis oder Skifahren klappt, haut vielleicht auch in der Schule hin.

Ich gucke auf die Uhr. Vor dem Abendessen kann ich noch eine Szene entwerfen. Diesmal ruhig etwas gemeiner.

Die Pause ist beendet. Unterricht bei Herrn Gambati. Er möchte, dass jemand nach vorn kommt und die drei wichtigsten Punkte bei einer Inhaltsangabe an die Tafel schreibt. Seine Wahl fällt auf Maggi, die heute Morgen mit einem Kopftuch zur Schule gekommen ist. Fast eine Art Turban. Ist jetzt anscheinend in. Als Maggi nach vorn geht, nutzt Navid die Gelegenheit und zieht an dem Tuch. Es fällt zu Boden, und alle sehen den wahren Grund für Maggis ungewöhnliches Fashion-Accessoire: Sie hat grüne Haare! Da ist wohl beim Friseur richtig was schiefgegangen! Die gesamte 8d lacht sich schlapp, während Maggi tiefrot anläuft und sich schnell das Tuch wieder aufsetzt.

Ich schaue mir die Szene an und grinse zufrieden. Ja, das würde ich der doofen Kuh gönnen. Soll sie mal giftgrüne Haare haben und auch mal ausgelacht werden, ha!

»Isi, kommst du zum Essen?« Meine Großmutter steckt den Kopf in mein Zimmer. Sie übernachtet heute bei uns, weil Mama und Papa wieder auf einer Dienstreise sind. »Ich habe Spaghetti Bolognese gekocht.«

»Ja, ich komme sofort.«

»Was machst du denn da? Es ist so still bei dir.«

»Oh, ich habe nur ein bisschen auf meinem Handy rumgespielt. Nichts Besonderes.«

»Aha.« Über irgendetwas scheint Fanny nachzudenken. »Hast du eigentlich schon angefangen, Tagebuch zu schreiben?«

Ich schüttle den Kopf. »Nein. Warum?«

»Och, nur so. Reine Neugier. Aber jetzt komm, die Spaghetti werden kalt.«

»Du, ich hab mir von deinem Gutschein ein ganz lustiges Spiel im AppStore runtergeladen«, berichte ich am nächsten Tag Theo. »Gute Sache, vielen Dank!«

»Ja?«, antwortet er und klingt dabei tierisch geistesabwesend. Mannomann, ich bin echt froh, wenn am Samstag um 18 Uhr unser Schulfest endlich Geschichte ist und man sich wieder normal mit Theo unterhalten kann. Das nervt langsam gewaltig!

»Ich habe Hunger«, beschließe ich, das Thema zu wechseln. »Kommst du kurz mit in die Kantine? Ich glaube, die nächste Stunde halte ich ohne Käsebrötchen und Kakao nicht aus.«

»Ähm, nee, sorry – ich muss noch mal ins Sekretariat und die Helferlisten aktualisieren. Irgendwas ist da schiefgelaufen. Mir fehlen auf einmal noch fünf Leute für den Abbau. Hast du vielleicht noch Zeit?«

Ich schüttle den Kopf. »Nee. Ich finde, ich bringe mich schon genug ein. Frag doch mal Clarissa. Die hält sich doch bestimmt aus allem fein raus, oder?«

»Hm, gute Idee«, murmelt Theo, zückt sein Handy und tippt in seine Notizen.

Ich muss grinsen. Der glaubt doch nicht ernsthaft, dass Clarissa ihm dabei helfen wird, irgendwelche Tische von A nach B zu tragen? Egal. Ich hab Kohldampf.

In der Kantine wartet schon eine kleine Schlange an der Essenausgabe. Als ich mich anstelle, bleibt mein Herz für eine Sekunde stehen: Der Letzte, der wartet, ist Johannes! Und er steht tatsächlich ganz allein da! Komischer Zufall!

Ich konzentriere mich auf meine Fußspitzen und hoffe, dass ich nicht gerade ganz rot im Gesicht werde. Also, nur für den unwahrscheinlichen Fall, dass sich Johannes tatsächlich umdrehen sollte. Was er *natürlich* nicht tun wird.

»Hallo, Isi!«

Oh! Mein! Gott! Er hat es getan! Er hat sich zu mir umgedreht und mich gegrüßt! Ich merke, wie mir schwindelig wird. *Los, Isa*, sage ich mir. *Du musst es jetzt einfach genauso machen wie bei FriendsCity! Bleib cool und frag ihn nach dem Dosenwerfen!* Soll ich wirklich? Ich glaube, das kann ich nicht. FriendsCity ist schließlich nur ein Spiel, aber das hier – das ist echt!

»Isi?«, wiederholt Jo noch einmal, als sei er sich nicht sicher, ob ich ihn bemerkt habe. Ich ihn nicht bemerkt – haha! Ich atme tief ein.

»Hallo, Jo!«, begrüße ich ihn dann möglichst lässig, obwohl ich so starkes Herzrasen habe, dass ich fürchte, Jo könnte es vielleicht sogar hören.

»Du bist doch Isi Winter, oder?«, fragt er freundlich. Ha! Er hat sich meinen Namen also tatsächlich gemerkt! Nun kommt zu dem Herzrasen auch noch Ohrenrauschen hinzu. Ich gebe mir noch einen kräftigen Ruck, dann rede ich weiter.

»Sag mal, Jo, ich leite beim Schulfest das Dosenwerfen. Ich könnte noch ein bisschen Hilfe gebrauchen. Hättest du vielleicht Lust, mitzumachen? Ist schließlich für einen guten Zweck. Alle Einnahmen werden an unsere Partnerschule in Tansania gespendet. Und zu zweit macht so ein Stand auch viel mehr Spaß.«

Jo überlegt kurz, dann nickt er.

»Klar, mach ich. Wann soll ich wo sein?«

AAAAAAAHHHHH! *Visualisieren!* Es funktioniert tatsächlich! Ich habe dieses Gespräch bei FriendsCity geübt und kann es nun genau so raushauen! Gut, es ist ein wenig seltsam, dass Jo auch genau das Gleiche sagt wie in meinem

Spiel, aber manchmal gibt es eben komische Zufälle. Wichtiger ist: Jetzt nur nicht die Nerven verlieren! Ich versuche, ohne ein Zittern in der Stimme zu antworten. Das gelingt mir nur so mittel, aber vielleicht merkt Jo das gar nicht.

»Neun Uhr im Foyer. Da will ich aufbauen.«

»Okay, ich bin da. Soll ich noch was mitbringen?«

»Nur gute Laune!«

»Alles klar, mach ich.«

»Junger Mann! Nicht quatschen, sondern bestellen! Ihr haltet mir sonst den ganzen Betrieb auf!«, ruft jetzt der Vater, der Herrn Balabaiev bei der Essenausgabe unterstützt. »Also, was darf es sein?«

Was genau Jo sich bestellt, höre ich gar nicht mehr. Ich schwebe in diesem Moment definitiv auf Wolke sieben!

It's Magic!

9. Kapitel

Das gibt's doch nicht! Sie hat tatsächlich grüne Haare! GRÜNE HAARE! Ich kann mich nur sehr mühsam beherrschen, nicht zu Maggi nach vorn zu rennen, um ihre Haare anzufassen und sie mir ganz genau anzuschauen. Das Grün bildet einen echt krassen Kontrast zu dem mittlerweile knallroten Gesicht von Maggi, die anscheinend gerade am liebsten im Erdboden versinken würde. Ich kenne das Gefühl nur zu gut und hätte wahrscheinlich fast Mitleid, wenn ich in diesem Moment nicht selbst völlig fassungslos wäre.

Das habe ich mir doch gestern bei FriendsCity ausgedacht. Wie kann es sein, dass das jetzt genau so passiert? Und zwar exakt so: Herr Gambati hat Maggi an die Tafel gerufen, damit sie die drei wichtigsten Punkte einer Inhaltsangabe dort aufschreibt, Navid hat an ihrem Kopftuch gezogen, und nun steht sie da, mit grünen Haaren. Den ersten Schauer hat es mir allerdings schon über den Rücken gejagt, als ich Maggi mit ihrem Kopftuch ins Klassenzimmer kommen sah. Wie ist das nur möglich?

Maggi bückt sich, schnappt sich ihr Kopftuch und rennt aus der Klasse. Vielleicht bilde ich es mir ein, aber ich glaube, sie heult sogar. Herr Gambati schaut ihr erstaunt hinterher, überlegt kurz und räuspert sich.

»Tja, Navid, deine Aktion ist ja mächtig nach hinten losgegangen. Ich schlage vor, du entschuldigst dich bei deiner Klassenkameradin.«

Navid starrt ihn an. »Hä?«

»Das heißt erstens *Wie bitte?*, und zweitens: Was genau verstehst du nicht?«

»Ich soll der jetzt hinterher, oder wie?«, fragt Navid sicherheitshalber noch einmal nach. Er ist offenbar nicht scharf darauf, sich bei Maggi zu entschuldigen.

Aber Herr Gambati kennt kein Pardon: Er guckt Navid jetzt so streng an, dass der nur kapitulierend die Hände hebt, von seinem Platz aufsteht und aus dem Klassenraum hinaustrottet.

Als er die Tür hinter sich zugezogen hat, atmet Herr Gambati einmal tief durch.

»So, liebe Leute, passt zwar nicht zum Thema *Inhaltsangabe*, aber ein Wort in eigener Sache: Ich habe euch jetzt knapp zwei Wochen als Klassenlehrer, und ich muss sagen, ihr seid echt eine Klasse mit Höhen und Tiefen. Die Höhen: Ihr seid wirklich leistungsstark. Macht Spaß, mit so schlauen und fitten Kindern wie euch zusammenzuarbeiten. Die Tiefen: Ihr könnt echt fies miteinander sein. Und das macht mir persönlich so überhaupt keinen Spaß. Ich will jetzt nicht gleich die große Mobbingkeule rausholen, aber was hier immer so unterschwellig passiert, ist tatsächlich verdammt nah dran am Mobbing. Ihr glaubt wahrscheinlich, dass ich das nicht merke – aber täuscht euch nicht. Ich mach diesen Job nicht erst seit gestern, und ich weiß genau, wann die Stimmung in einer Klasse kippt. Glaubt mir: Bei euch ist es kurz davor. Und das finde ich sehr schade. Okay, ihr seid auch erst seit Kurzem eine Klasse und müsst euch als solche noch finden. Aber ich werde mir ein paar Sachen überlegen, wie euch das besser gelingen könnte. Für Vorschläge bin ich übrigens offen. Ich möchte, dass ihr mal darüber nachdenkt. Wir werden am Montag, in der nächsten Klassenratsstunde, ausführlich darüber reden. Also bereitet euch bitte darauf vor.«

Er atmet noch einmal tief durch. Dann zeigt er auf die Tafel.

»So. Die Inhaltsangabe. Wer kommt nach vorn und schreibt auf, was da auf alle Fälle reingehört?«

Man kann nicht behaupten, dass Gambatis Ansprache bei den richtigen Leuten angekommen ist. In der nächsten Fünfminutenpause tuscheln Clarissa, Charly und Rike aufgeregt miteinander. Sie versuchen zu flüstern, ich kann sie aber trotzdem einigermaßen verstehen.

»Mobbing? In unserer Klasse? Wen meint er damit?« Clarissa runzelt die Stirn. »Er will ja hoffentlich nicht sagen, dass jede von uns in Zukunft verpflichtet ist, sich mit den ganzen Losern zu treffen. Nur damit die sich nicht schlecht fühlen.«

Clarissa schüttelt den Kopf, ihre Freundinnen lachen über diese völlig absurde Vorstellung. Etwas mit *Losern* unternehmen? Geht ja gar nicht! Clarissa wirft mir einen Blick zu und verzieht dann das Gesicht. Ich weiß ganz genau, dass sie mich damit meint – und diese Erkenntnis fühlt sich ziemlich schlecht an. Es muss ein wirklich irrer Zufall gewesen sein, aber wahrscheinlich hätte ich bei FriendsCity besser Clarissas Avatar grüne Haare verpassen sollen. Maggi ist zwar auch eine Schnepfe, aber die Oberzicke ist eindeutig Clarissa. Wer weiß, vielleicht wären die anderen ohne sie sogar ganz nett.

Charly seufzt. »Nee, mach dir da mal keinen Kopf. Der meinte Navid und seine Oberspacken. Ist ja auch mies, Maggi ihr Kopftuch wegzureißen!« Charly guckt sich um. »Wo ist die eigentlich? Ich dachte, die steht draußen und heult. Könnte ja langsam mal wieder reinkommen.«

»Okay, aber ihre Haare sahen wirklich schlimm aus. Grün wie Waldmeister!«, sagt Rike grinsend. »Dass sie damit nicht vor die Tür wollte, kann ich verstehen.«

»Tja, das kommt davon, wenn man sich selbst so eine billige Farbe aus dem Supermarkt auf die Haare klatscht.« Clarissa kichert bösartig. »Wäre sie mal lieber zum Friseur gegangen, dann hätte sie nun vermutlich fast so ein tolles Blond wie ich. Und ich lasse das natürlich nur vom Profi machen. Na ja, aber dafür hatte sie wahrscheinlich mal wieder kein Geld, die Aaaaarme!«

Uuh! Dafür, dass Maggi angeblich ihre Freundin ist, lästert Clarissa hier gerade ganz schön fies! Das scheint sogar Theo gehört zu haben. Er dreht sich zu mir und flüstert mir »*Wer die zur Freundin hat, braucht keine Feindin mehr!*« ins Ohr. Recht hat er. Das geht echt gar nicht! Man müsste Clarissa wirklich mal einen Denkzettel verpassen. Sicher, Navids Aktion war auch nicht gerade nett, aber der hat es wenigstens nicht hinter Maggis Rücken gemacht.

Ich überlege.

»Sag mal, Theo, hältst du es für möglich, dass wir mit unseren Gedanken irgendwie die Realität beeinflussen können?«

»Klar. Wenn ich denke, ich hätte gern einen Joghurt, gehe ich zum Kühlschrank und hole mir einen raus. Schon habe ich die Realität beeinflusst.«

»So doch nicht! Ich meine, ob du glaubst, dass man mit Gedanken die Wirklichkeit verändern kann. Oder vorbestimmen kann oder so. Also, wenn ich mir jetzt gestern zum Beispiel ausgedacht hätte, dass Maggi heute grüne Haare hat, und es passiert dann wirklich – was würdest du sagen?«

Theo mustert mich, dann grinst er. »Ich würde sagen, dass du mal ganz dringend zum Arzt musst, wenn du dir so etwas einbildest. Deine Tabletten wirken leider nicht mehr.«

»Blödmann! Das war eine ernst gemeinte Frage!«

»Okay, dann meine ernst gemeinte Antwort: Vielleicht

hattest du ein Déjà-vu oder so was. Aber Schuld an Maggis grünen Haaren hast du mit Sicherheit nicht.«

»Ein Déjà- was?«

»Déjà-vu ist Französisch für *schon gesehen* und beschreibt ein psychologisches Phänomen«, doziert Theo.

»Alter, jetzt klingst du wie Frau Mayerbach. Kannst du es vielleicht so erklären, dass ich es auch verstehe?«

Theo lacht. »Hey, ich hab noch nicht mal angefangen, es zu erklären. Bei einem Déjà-vu hat man das Gefühl, eine Situation schon einmal exakt so erlebt zu haben. Also, nicht einfach schon mal geträumt, sondern echt so erlebt. Dafür gibt es verschiedene Erklärungsansätze. Etwa, dass man schon mal unbewusst in der gleichen Situation war und sich nur nicht mehr erinnert. Oder etwa Krankheiten. Epileptiker haben das zum Beispiel häufiger, die Ärzte glauben, dass das etwas mit der Überreizung ihres Gehirns zu tun hat.« Er mustert mich. »Hattest du vielleicht schon mal einen epileptischen Anfall? Also, unabhängig von nicht passenden Kontaktlinsen?«

Ich hole aus und knuffe Theo kräftig in die Seite. »Jetzt mal nicht so frech, Herr Zacharakis!«

»Aua!«, ruft der und hält sich mit dramatisch schmerzverzerrtem Gesicht die Seite. »Gewalt gegen Männer!«

»Selbst schuld. Völlig unnötig, dass du hier noch mal die Kontaktlinsengeschichte aufwärmst. Ich wollte nur wissen, was ein Déjà-vu ist. Weiß ich jetzt ja. Dank Superbrain Theo. Du bist echt ein Nerd!«

Er zuckt mit den Schultern. »Anstatt mich hier anzumachen, solltest du lieber froh sein, mit einem so schlauen Typ wie mir befreundet zu sein. Ich bin mir sicher, du würdest sonst dumm sterben.«

Er grinst, und dann muss ich auch lachen. Ist ganz schön eingebildet, der gute Theo. Aber irgendwie hat er auch allen Grund dazu, denn ich kenne niemanden, der so ein helles Köpfchen ist. Trotzdem beschließe ich, ihn nicht weiter zu fragen, sondern lieber zu Hause noch mal in Ruhe zu googeln, was genau es mit dem Déjà-vu auf sich hat. Ob das tatsächlich der Grund für Maggis grüne Haare ist?

Test! Test!

10. Kapitel

Okay. Es hilft nichts. Ich muss es testen. Testen, ob es irgendwie sein könnte, dass … Ja, sehr verrückte Idee, ich weiß! Aber vielleicht ja doch … Also testen, ob FriendsCity irgendwas mit der Realität macht. Schon allein bei dem Gedanken komme ich mir völlig gaga vor, aber ich habe jetzt zwei Stunden lang alles über Déjà-vu-Erlebnisse, Traumreisen und paranormale Aktivitäten recherchiert und komme zu dem Ergebnis, dass noch nie jemand das erlebt hat, was ich glaube, erlebt zu haben. Niemand hat bisher ein Spiel gespielt, und es ist danach Wirklichkeit geworden. Also, niemand im wirklichen Leben. Und mit Theos komischem Déjà-vu hat so was auch rein gar nichts zu tun.

Wenn ich also herausfinden will, ob das mit Maggis grünen Haaren wirklich etwas mit FriendsCity zu tun hat, muss ich einen neuen Versuch wagen. Ich muss mir eine richtig krasse Geschichte für FriendsCity ausdenken. Und dann werde ich ja sehen, ob ich an einer gestörten Wahrnehmung leide oder besonders heftige Tagträume habe – oder ob das, was ich auf meinem Handy spiele, dann auch in Wirklichkeit passiert. Genau so werde ich es machen!

Okay. Was soll passieren? Und, noch wichtiger: Wem soll es passieren? Über diese Frage muss ich nicht wirklich lange nachdenken. Es gibt nur eine Person in meiner Klasse, die ich völlig bedenkenlos und ohne schlechtes Gewissen als Versuchskaninchen für dieses Experiment einsetzen kann: Clarissa! Maggi habe ich die grünen Haare schließlich nur angedichtet, weil ich niemals damit gerechnet hätte, dass so etwas tatsächlich passieren kann. Wenn aber nur der Hauch einer Chance besteht, dass mein Handyspiel Realität wird, dann würde ich das nur Clarissa gönnen. Ihre Freundinnen sind zwar auch ziemlich ätzend zu mir, aber ich schätze mal, das liegt an Clarissa. Wann und wo der blöden Zicke etwas passieren könnte, ist mir auch schnell klar: auf dem Schulfest. Schließlich ist das nur einmal im Jahr, und egal, was dort geschieht, es kann sich nicht zufällig und beliebig oft wiederholen, denn wenn der Samstag vorbei ist, ist auch dieses Schulfest Geschichte!

Einen kurzen Moment denke ich noch über die Schulfest-Idee nach, bis ich einen wirklich lustigen Einfall habe. Ich hole das Handy aus meiner Tasche und logge mich bei FriendsCity ein. Drei Klicks, dann habe ich mich in die Eingangshalle des Hauptgebäudes navigiert. Dort schaffe ich mit den virtuellen Spielsteinen erst einen ziemlich großen Hotdog-Stand mit Holzvorbau und einem kleinen Dach mit einer rot-weiß gestreiften Markise, ganz so, wie die Dinger auch auf Volksfesten und Jahrmärkten aussehen. Gleich daneben baue ich das Dosenwerfen auf. Schließlich füge ich die passenden Avatare für die Szene hinzu: Clarissa, Herrn Kipp-Zeh, Jo, ein paar Mitschüler und natürlich Lou, also mich selbst »in cool«.

Dann kann es losgehen: Clarissas Avatar stolpert über das Skateboard von Jo, das dieser neben unserem Dosenwerfen geparkt hat. Dabei hat sie so viel Schwung, dass sie volle Lotte mit dem Skateboard in den Hotdog-Stand rauscht. Der bricht daraufhin komplett in sich zusammen, und zwar gerade in dem Moment, in dem sich unser Direktor ein Hotdog holen möchte. Chaos bricht aus, alle schreien wild durcheinander, und schließlich kriechen Clarissa und Herr Kipp-Zeh aus den Trümmern des Stands hervor und haben offenbar so richtig etwas auf die Mütze bekommen, jedenfalls wirken sie ziemlich durcheinander.

Am Ende ist Lou diejenige, die Ruhe und Übersicht bewahrt und beiden großmütig wieder auf die Füße hilft, während die anderen sich noch vor Lachen kaum halten können. Herr Kipp-Zeh dankt Lou, also mir, wortreich, Clarissa macht es zähneknirschend. Eine super Szene! Ich halte es zwar für völlig ausgeschlossen, dass das am Samstag beim Schulfest so passieren wird, aber allein die Vorstellung finde ich schon granatenmäßig gut!

Ich bin richtig gut drauf, als mich meine Großmutter durch ein kurzes Klopfen an meiner Zimmertür daran erinnert, dass gleich der Termin beim Augenarzt ansteht. DER Termin! Ich bekomme endlich Kontaktlinsen, hurra! Wenn ich Glück habe, kann ich sie schon beim Vorsprechen nächste Woche tragen, und dann werde ich nicht als Brillenschlange dort auftauchen, sondern als Adlerauge. Eindeutig mehr Lou als Isi. Schon bei diesem Gedanken schlägt mein Herz schneller, und ich sprinte regelrecht aus meinem Zimmer.

»Hoppla, Louisa«, ruft Fanny, der ich beinahe die Tür auf die Nase geknallt hätte, »du bist ja schneller, als die Polizei erlaubt!«

»Jap!«, rufe ich. »Ich hab's auch sehr eilig! Ich freue mich soooo doll auf die Kontaktlinsen, das war wirklich ein tolles Geschenk von dir!«

»Das freut mich natürlich, Isilein. Es war auch nicht leicht, deine Eltern zu überzeugen. Umso schöner, dass meine Idee so gut angekommen ist.«

Ich nicke. »Mein absolutes Lieblingsgeschenk! Also, die Zirkusidee von Mama und Papa war natürlich auch Weltklasse, aber die Kontaktlinsen sind gerade auch richtig, richtig wichtig für mich. Tausend Dank noch mal, liebstes Omili!«

Gut, das ist jetzt vielleicht ein bisschen dick aufgetragen, aber man muss seine Sponsoren schließlich bei Laune halten, damit sie auch weiterhin was springen lassen.

Fanny guckt mich sehr nachdenklich an. Komisch, was hat sie denn jetzt?

»Sag mal, und das Tagebuch? Schon mit dem Schreiben angefangen?«

»Nee, wieso?« Seltsam, wieso fragt sie schon wieder danach? Das Thema scheint sie irgendwie zu beschäftigen.

Fanny zuckt mit den Schultern. »Och, nur so. Kam mir gerade in den Sinn. Ist nicht wichtig. Lass uns losfahren.«

Zwei Stunden später sitze ich mit Theo in der Eisdiele und bin so ungefähr die glücklichste Achtklässlerin der Welt. Ich trage nämlich bereits Anpassungslinsen, hurra! Dr. Ventropp hat mir nach sehr gewissenhaftem Vermessen und Testen gleich zwei Linsen eingesetzt, die ich heute und morgen tragen soll, bevor ich noch mal zur Nachuntersuchung muss. Er hat mir auch genau gezeigt, wie man sie mit Daumen und Zeigefinger wieder aus dem Auge herausbekommt, und ich habe es geschafft, dabei halbwegs entspannt zu bleiben. Ein phantastischer Tag heute! Nun noch ein extragroßes Spaghettieis – mehr geht nicht!

»Wow, du bist ja gut gelaunt!«, wundert sich Theo.

»Klar, warum auch nicht?«, antworte ich betont lässig.

»Nö, prima, nichts dagegen. Du warst nur in den letzten Tagen irgendwie so angespannt. Hatte mir schon ein bisschen Sorgen gemacht, dass dieser ganz Clarissa-Johannes-Krams dir jetzt das gesamte Schuljahr versaut. Und damit auch mir. Das wären keine guten Aussichten gewesen. Aber wie ich sehe, war das nur ein kleines Zwischentief.«

»Genau. Und nun folgt ein gigantisches Hoch, ich bin

mir sicher. Jetzt muss ich nächste Woche beim Vorsprechen nur noch so richtig abliefern, dann ist mein Leben perfekt. Apropos: Es wäre mega, wenn du ein bisschen mit mir üben könntest. Ich möchte Herrn Gambati beim Casting nämlich gern etwas vorsingen, und vielleicht könntest du mich am Klavier begleiten? Und noch vielleichter das schon vorher mit mir einstudieren?«

Theo wiegt den Kopf hin und her.

»Also«, beginnt er dann gewichtig, »in Anbetracht der Tatsache, dass du nun tatsächlich ...« Er macht eine Kunstpause, ich werde ungeduldig.

»Menno, Theo, nun sag schon! Ich will nicht einfach nur singen. Ich will restlos überzeugen, und ich glaube, es kommt richtig gut, wenn du dazu Klavier spielst. Dann klinge ich bestimmt viel sicherer. Ach, Quatsch – dann BIN ich viel sicherer, weil ich da nicht allein auf der Bühne rumstehen muss. Das würde mir wirklich sehr helfen.«

»Nun lass mich doch mal ausreden, Isilein. Ich wollte sagen, in Anbetracht deiner großen Verdienste um den Dosenwerf-Stand beim Schulfest wäre es mir eine Freude, eine Ehre und ein Vergnügen, dich beim Casting zu begleiten.«

Yipieee! Perfekt!

»Danke!«, juble ich, und dann springe ich von meinem Spaghettieis auf und hauche Theo einen kalten Kuss auf die Wange. Der wird tatsächlich ein bisschen rot.

»Ähm, nix für ungut. Hast du dir denn schon ein Lied ausgesucht?«

Ich schüttle den Kopf. »Nein, noch nicht. Ich kenne das *High School Musical* auch nicht so gut. Ich glaube, ich muss es mir noch mal ansehen.«

»Gute Idee!«, befindet Theo. »Dann lass uns doch genau das tun, wenn wir unser Eis aufgegessen haben. Wir radeln nach Hause, laden uns den Film runter, und dann suchen wir das perfekte Lied für dich aus.«

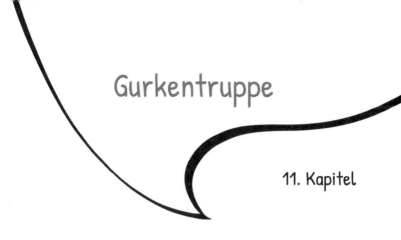

Gurkentruppe

11. Kapitel

Samstagmorgen. Früh am Morgen. Sehr, SEHR früh am Morgen! Gerade mal acht. Dass ich um diese Uhrzeit am Wochenende überhaupt schon wach bin, hat nur einen einzigen Grund: Irgendjemand klingelt Sturm an unserer Wohnungstür. Was'n hier los?

Es rumpelt auf dem Flur. Mein Vater ist offenbar genauso wie ich fast aus dem Bett gefallen und macht sich nun fluchend auf den Weg zur Wohnungstür, an der nach wie vor wie wild geklingelt wird.

»Ist ja gut, ist ja gut!«, motzt er, während er an meinem Zimmer vorbeistolpert. »Wer macht hier denn am Wochenende so einen Lärm?«

Ich höre, wie er den Schlüssel dreht und die Tür öffnet.

»Theo!«, ruft er dann erstaunt. »Was machst du denn hier?«

Theo? Ich sitze sofort senkrecht im Bett. Warum zur Hölle kreuzt Theo hier so früh auf? Und warum zur Hölle macht er so einen Radau? Waren wir etwa verabredet, und ich habe ihn vergessen? Schnell springe ich aus meinem Bett und schlüpfe in Jeans und T-Shirt, stürze dann aus meinem Zimmer und stehe keine zwei Sekunden später neben meinem Vater.

»Moinsen!«, begrüßt mich Theo fröhlich.

»Hab ich irgendwas vergessen?«, will ich sofort von ihm wissen.

»Wart ihr etwa verabredet?«, hakt jetzt auch mein Vater nach.

»Ja, sind wir! Ich stehe seit sieben Uhr vor der Schule und warte auf Isi! Sie wollte mir beim Aufbau helfen. Um halb zehn Uhr geht es los, und es steht noch kein einziger Stand!«

WAAAS? Ich habe Theo zugesagt, beim Aufbau zu helfen? Hab ich nicht eher gesagt, ich will NICHT beim Aufbauen helfen? Warum kann ich mich denn gar nicht daran erinnern? So ein Mist!

»Oh, Mensch, das tut mir leid, Theo!«, entschuldigt sich Papa für mich. »Dann komm mal rein, ich mach dir ein Frühstück, und meine unzuverlässige Tochter hier kämmt sich und putzt sich schnell die Zähne, und dann kann sie sofort mit dir los.«

Ich will mich gerade umdrehen, um Richtung Bad zu hechten, da sehe ich, dass Theo anfängt, sehr breit zu grinsen.

»Nee, alles gut, Herr Winter! War nur ein Scherz. Isi hat gar nicht versprochen, zu helfen. Aber leider haben die Mitschüler, die sich in meine Helferliste eingetragen haben, es alle nicht für nötig befunden, heute Morgen zu erscheinen. Und jetzt stehe ich ziemlich allein da und schaffe es einfach nicht rechtzeitig. Es sei denn, Isi hilft mir doch. Tut mir auch leid, dass ich Sie alle aus dem Bett geklingelt habe, aber es ist ein echter Notfall.«

Er schenkt meinem Vater einen Augenaufschlag, der als echter Dackelblick durchgeht. So kann ihm garantiert kein Mensch böse sein. Geschweige denn seinen Hilferuf ignorieren. Das kann nicht mal ich, obwohl ich doch so gern lange schlafe!

Keine fünfzehn Minuten später kommen wir an der Schule an. Zwei Autos stehen schon auf dem ansonsten leeren Parkplatz, und in der Eingangshalle brennt Licht – wir sind also wenigstens nicht die Einzigen hier! Bei näherem Hinsehen entdecke ich unseren Hausmeister Herrn Sönnichsen und Frau Mayerbach, die damit beschäftigt sind, Tische zusammenzuschieben. Wir schließen unsere Fahrräder gleich vorn am Eingang an und gehen durch die große Eingangstür.

»Na endlich!«, begrüßt uns Herr Sönnichsen. »Ich dachte schon, ihr kommt gar nicht mehr. Was ist denn aus deinen ganzen Helfern geworden, Jung-Siegfried?«

Frau Mayerbach eilt zu uns. »Mensch, jetzt müssen wir aber echt Gas geben! Wo bleiben denn die anderen?«

Theo zuckt mit den Schultern. »Tja, ich weiß auch nicht. Laut meiner Liste müssten Navid und Charly eigentlich längst hier sein. Und zwei Jungs aus der Siebten auch. Aber die sind einfach nicht gekommen. Navid und Charly gehen nicht an ihre Handys, und von den beiden Jungs habe ich keine Nummer. Wenigstens konnte ich Isi noch aktivieren.«

»Hm. Sehr seltsam«, wundert sich Frau Mayerbach. »Aber vielen Dank, dass du noch dazugekommen bist, Louisa!« Sie lächelt mich freundlich an. Ob sie mir für diesen Einsatz die Absolutismus-Schlappe verzeiht?

»So, nu mal nich schnacken, sondern anpacken!«, befiehlt Herr Sönnichsen. »Ihr wisst doch: Viele fleiß'ge Hände sind der Arbeit schnelles Ende! Gilt auch, wenn es nicht so viele Hände sind!«

Also machen wir uns an die Arbeit und bauen genau nach Theos Plan Stände und Stellwände auf. Dann verteilen wir die Kuchen, die vereinzelt schon gestern angeliefert worden sind, auf die einzelnen »Fressstände«. Mit einer gewissen Erleichterung stelle ich fest, dass kein einziger so aussieht wie der, den ich in FriendsCity gebaut habe. Auch der Hotdog-Stand der Klasse 9c nicht, der im Wesentlichen auch nur aus zwei zusammengeschobenen Tischen besteht – puh, da bin ich fast froh! Ich meine, die Vorstellung, mit einem Handyspiel so richtig krass in die Realität eingreifen zu können – die ist schon cool, aber irgendwie auch gruselig. Gut, Clarissa hätte es echt verdient, aber es wäre schon gemein, oder? Egal, Maggies grüne Haare waren offenbar wirklich reiner Zufall. Vielleicht wirklich so ein Déjà-vu-Dings. Nur das Dosenwerfen sieht wie auf meinem Handy aus, aber was hätte ich außer einem Tisch mit Dosen, drei Bällen und einem Karton dahinter auch anderes hinstellen sollen?

Um Viertel nach neun haben wir alles aufgebaut, Theo schaut sich zufrieden um und nickt.

»Okay, jetzt kann es losgehen. Mal sehen, wann die Ersten kommen.«

In diesem Moment schlendert schon Navid durch die Tür, unter dem Arm einen Karton, in dem eigentlich die Gewinne fürs Dosenwerfen sein müssten.

»Mann, Navid, wo warst du denn?«, pflaumt ihn Theo sofort an. »Ich habe mir heute früh die Beine in den Bauch gestanden, und von euch Gurken ist keiner aufgekreuzt.«

Navid guckt ihn erstaunt an. »Hä? Wieso? Du hast Charly doch gesagt, dass wir heute Morgen fast zu viele sind und lieber später beim Abbauen helfen sollen.«

»Was? Hab ich gar nicht!«

»Aber Charly hat mir deine Nachricht doch weitergeleitet. Hier, guck mal!« Navid zieht sein Handy aus der Hosentasche und hält es Theo unter die Nase.

Der liest laut vor. »*Weitergeleitet: Hallo, Charly, es reicht, wenn ihr mir nachher beim Abbauen helft, sind morgens schon genug Leute. LG Theo*«

Er schüttelt den Kopf. »Das habe ich nicht geschrieben. Von wem auch immer das weitergeleitet wurde, von mir war es jedenfalls nicht.«

Sehr mysteriös. Wer verschickt denn Nachrichten in

Theos Namen? Offenbar wollte irgendjemand, dass Theo ganz blöd dasteht. Aber warum? Ob die beiden Siebtklässler auch so eine Nachricht bekommen haben? Vielleicht hatten sie aber auch einfach keinen Bock, wer weiß.

Jemand klopft mir von hinten auf die Schulter.

»Hey, Isi! Bereit für unseren großen Einsatz?«

Ich muss gar nicht sehen, wer da gerade angekommen ist, denn diese Stimme würde ich unter Tausenden erkennen. Johannes! Ich fahre herum, und tatsächlich: Da steht er! Die dunkelblonden Haare verwuschelt, die grünen Augen strahlen, mein Herz macht einen echten Satz! Und dann rast es noch eine Spur schneller, als ich sehe, was Jo unter den Arm geklemmt trägt: sein Skateboard. Okay, er hat es wirklich oft dabei, deswegen habe ich es auf FriendsCity auch so eingeloggt, aber ein bisschen komisch ist mir bei diesem Anblick doch zumute. *Reiner Zufall, Isi,* flüstere ich mir dann selbst zu, um mich zu beruhigen.

»Isi? Alles in Ordnung?«, fragt Jo nach, der sich offensichtlich wundert, warum ich nichts sage.

Ich schüttle mich kurz. »Oh, hallo, Johannes! Schön, dass du da bist! Ich war in Gedanken gerade noch beim Aufbau. Wir sind eben erst fertig geworden, weil uns ein paar der Helfer echt übel haben hängen lassen.«

Johannes sieht sich in der Eingangshalle um.

»Sieht doch gut aus – ihr habt es perfekt hinbekommen. Kann also losgehen!«

»Einspruch! Es ist fast perfekt. Aber eben nur fast. Ich

habe noch etwas mitgebracht, damit unser Fest eine wirklich runde Sache wird.« Herr Gambati ist aufgetaucht, unter dem Arm trägt er mehrere Rollen Stoffbahnen oder so etwas in der Richtung. Neben ihm steht eine Frau, jünger als meine Mutter, aber auch kein Teenager mehr. Herr Gambati deutet mit seiner freien Hand in ihre Richtung.

»Erstens: Darf ich euch meine Frau vorstellen? Sie wollte schon mal gucken, mit wem sie demnächst zusammenarbeitet.« Er grinst, sie lächelt ein sehr freundliches und offenes Lächeln und streicht sich mit einer Hand ihre braunen, langen Haare hinters Ohr.

»Hallo, ich bin Kerstin Gambati«, sagt sie dann und winkt uns zu. »Ich freue mich schon auf das Musical.«

»Das sind Louisa, Johannes und Theo«, erklärt Herr Gambati seiner Frau. »Louisa und Theo gehen in meine neue Klasse, Johannes ist schon seit letztem Jahr Mitglied der Theater-AG.«

»Hallo!«, begrüßen wir Frau Gambati freundlich.

»Freut uns, Sie kennenzulernen«, fügt Johannes, ganz Gentleman, hinzu.

»Und was ist zweitens?«, erkundigt sich Theo dann neugierig.

»Zweitens?«, fragt Herr Gambati.

»Na, Sie sagten doch, Sie hätten etwas mitgebracht, nämlich ERSTENS Ihre Frau. Da frage ich mich – was ist denn mit zweitens?«

»Ach so! Ja, zweitens hatte meine Frau die gute Idee, für

die Stände noch Deko mitzubringen. Aus ihrem Theaterfundus.«

Sie nickt. »Ja, da haben wir in einem Stück eine Marktszene aufgebaut. Und mit diesen Stoffüberbauten hatte man ganz schnell ein tolles Marktflair. Man steckt sie auf die Tische, befestigt sie mit den Drehschrauben und hat ruck, zuck einen echten Marktstand. Zeig doch mal, Nikolas!«, fordert sie ihren Mann auf.

Der legt die Rollen auf dem Boden ab, nimmt eine und rollt sie komplett aus. Es ist eine rot-weiß gestreifte Markise. Und sie sieht wirklich haargenau so aus wie in meiner FriendsCity-Szene.

Mir wird gleichzeitig heiß und kalt. Das kann doch jetzt nicht wahr sein! Das Skateboard, der Marktstand ... reiner Zufall, oder? Aber was, wenn nicht?

Theo streicht mir über den Arm. »Alles gut bei dir? Du bist auf einmal so blass«, flüstert er mir dann zu.

Ich schüttle den Kopf. »Nein, ich habe gerade wieder das Gefühl, genau das schon mal gesehen zu haben. Weißt du, wie neulich, als du gesagt hast, das sei ein Déjà-vu. Aber das ist es garantiert nicht.«

»Was hast du denn gesehen?«

»Na, die Stände mit den Markisen!«

»Ja und? So sehen doch viele Marktstände aus. Das sieht bestimmt gut aus, wenn wir die Überdachungen noch schnell auf die Tische schrauben.«

»Und dann das Skateboard von Jo!«

»Hä? Das hat er doch ständig dabei. Ich glaube ja, dass er mit dem Ding überhaupt nicht fahren kann und es nur immer mit sich rumschleppt, weil er denkt, dass er damit irgendwie lässig aussieht.«

Zweifelnd gucke ich ihn an. »Meinst du?«

»Bestimmt. Ich habe ihn echt noch nie auf dem Ding gesehen. Ist ein ganz billiger Trick.«

»Nein, ich meinte, ist es nicht komisch, dass die Sachen hier so sind, wie sie sind?«

»Ähm, ich finde zwar, dass du jetzt ein bisschen wirr klingst. Aber das ist dann auch schon alles, was hier komisch ist. Sonst nix. Es wird ein ganz normales Schulfest. Nur eben perfekt organisiert. Weil – hat schließlich der Master of Ceremonies Theo Z. gemacht! Also, entspann dich, Baby! Relax!«

Volle Dröhnung

12. Kapitel

Ich kann es einfach nicht fassen! Ich habe das blöde Skateboard doch extra schon vor einer Stunde versteckt. Wie ist das nur wieder hier zum Stand gekommen? Ich meine, es war schon lustig, Clarissa bei FriendsCity in den Hotdog-Stand des Schulfestes stolpern zu lassen. Die Mayonnaise und der Ketchup gaben ihrer Frisur wirklich das gewisse Etwas, und gut für die Haare soll das ja auch sein ... Aber FriendsCity ist eben nur ein Spiel auf meinem Handy. Und das Mädchen mit dem Ketchup im Haar war nur ein Avatar. Echt lustig, aber nur ausgedacht. Bis eben jedenfalls.

Denn jetzt ist die echte Clarissa wirklich über Jos Skateboard gestolpert und damit direkt in den Hotdog-Stand geheizt. Obwohl ich das Skateboard doch längst weggeräumt und hinter der Eingangstür verstaut hatte. Ich wollte eben ganz sichergehen, dass hier nichts durch Zufall passiert. Aber anscheinend hat der kleine Junge, der vorhin schon ganz fasziniert von dem Board war, es entdeckt und wieder zu unserem Stand getragen. Jedenfalls steht er jetzt mit weit aufgerissenen Augen da, zeigt in Richtung Hotdog-Trümmerhaufen und ruft immer wieder: »Skateboard da! Skate da!« Selbst diesem Dreijährigen ist klar, dass man ein Skateboard unter normalen Umständen nicht dadurch bremst, dass man es in einen Hotdog-Stand fährt.

Es ist also genau wie in meinem Spiel! Und ja: Jetzt hat auch die echte Clarissa Mayo und Ketchup im Haar, als sie mühsam aus den Trümmern des Stands hervorkriecht. Plus noch ein paar Röstzwiebeln und Gurkenscheibchen auf der Nase. Autsch! Sieht außerdem so aus, als hätte das ein bisschen wehgetan!

Jetzt robbt auch Herr Kipp-Zeh unter der Markise, die wie eine Hängematte von links nach rechts und dann wieder nach links schwingt, hervor. Auch er trägt eine komplett neue Frisur aus Röstzwiebeln, Gurkenscheiben und Ketchup.

Beide wirken so benommen, als sei ihnen der Balken, an dem die Markise eben noch befestigt war, direkt auf den Kopf gekracht. Ich erinnere mich, dass ich in meinem Spiel den beiden auf die Beine geholfen habe. Also beschließe ich, es jetzt einfach nicht zu tun. Schließlich ist es ja meine Szene, und ich bin der Regisseur!

Doch als alle um mich herum anfangen, über die beiden Unglücksraben zu lachen, gehe ich wie in Trance auf den Stand zu. Ja, wirklich wahr: Es ist, als könne ich gar nicht anders, als zu Clarissa und Herrn Kipp-Zeh zu gehen. Es zieht mich regelrecht zu ihnen hin, dabei pocht es hinter meinen Schläfen, als würde ich gleich tierische Kopfschmerzen bekommen.

Zuerst reiche ich unserem Direktor die Hand, helfe ihm hoch und gebe ihm sogar ein Taschentuch, das ich noch in den Tiefen meiner Hosentasche gefunden habe. Er tupft sich den Ketchup von der Stirn und schüttelt sich die Röstzwiebeln aus dem Haar.

»Danke ... äh ...«

»Louisa«, murmle ich. »Aber Sie können mich auch Lou nennen.«

What? Habe ich mich wirklich gerade mit dem Namen meines Avatars vorgestellt? Warum das denn? Das Pochen wird stärker.

»Ja, danke, Lou! Was für ein Chaos! Wie konnte das bloß passieren?«

Ich zucke mit den Schultern und gehe dann zu Clarissa, immer noch wie ferngesteuert. Die liegt mittlerweile, platt wie eine Flunder, auf dem Boden und heult.

»Das war Sabotage! Ein Anschlag! Wer will mir so etwas antun?« Je mehr sie weint und schluchzt, desto lauter lachen die Mitschüler, die sich im Kreis um die Trümmer des Hotdog-Stands versammelt haben und dieses Schauspiel ganz offensichtlich genießen. Es ist nun wirklich nicht so, dass Clarissa mir leidtut – aber trotzdem spüre ich den dringenden Wunsch, ihr zu helfen. Ich knie mich also neben sie, wische ihr mit einem weiteren Taschentuch Mayonnaise von der Wange und wedele ein paar Röstzwiebeln aus ihren Haaren.

»Komm«, sage ich, »ich helfe dir hoch, und dann gehst du vielleicht besser mal auf die Mädchentoilette.«

Das ist zwar inhaltlich voll nett von mir gesagt, aber irgendwie klingt meine Stimme nicht sonderlich freundlich dabei – eher gönnerhaft. Clarissa ist trotzdem erleichtert, dass ihr jemand hilft. Sie rappelt sich hoch, nimmt meine Hand, und nachdem ich sie hochgezogen habe, wanken wir beide in Richtung Waschraum. Aus den Augenwinkeln kann ich noch sehen, wie Herr Kipp-Zeh, der sich mittlerweile von dem Schreck erholt hat, energisch in die Hände klatscht und meine Mitschüler zum Aufräumen auffordert.

Als wir die Toilette wieder verlassen, sieht Clarissa wieder halbwegs normal aus – und ich fühle mich auch wieder so. Also, halbwegs normal, meine ich. Das Pochen hinter meinen Schläfen ist Gott sei Dank verschwunden, nur bin ich jetzt sehr, sehr müde.

Johannes bewacht immer noch tapfer das Dosenwerfen, der Hotdog-Stand – oder besser: das, was noch von ihm übrig ist – ist mittlerweile komplett abgebaut worden. Theo steht in der entstandenen Lücke und winkt mir zu, als er mich sieht.

»Krass!«, ruft er. »Was war das denn? Ich meine – hast du das gesehen?«

Ich nicke wortlos, Theo schüttelt den Kopf.

»Rauscht die Olle mit Kawumms in den Stand! Hammer!

Ein echter Top Act, hätte ich mir nicht besser ausdenken können. Man wird noch in zwanzig Jahren von diesem Schulfest sprechen, die Sache ist ein voller Erfolg.«

Johannes kommt dazu. »Na ja, wenn man auf die Missgeschicke anderer steht, dann schon.«

Theo wirft ihm einen bösen Blick zu. »Alter, was machst du mich denn jetzt so an? Sie ist immerhin auf deinem Skateboard unterwegs gewesen. Du solltest den Ball also mal richtig flach halten.«

»Bitte? Das war doch wohl nicht meine Schuld! Wir hatten das Skateboard doch sogar woanders geparkt, damit niemand darüber stolpert.«

»Was heißt denn hier *wir*? Das war doch wohl eher Isi, die sich darüber Gedanken gemacht hat. Ich habe gesehen, dass sie es weggetragen und hinter der Tür verstaut hat.«

»Ja ja, mag sein. Aber sonst hätte ich das gemacht. Also komm mir nicht so. Ich finde es nicht gut, dass du …«

»Jungs! Kein Streit!«, mische ich mich so energisch ein, wie es mir in meinem erschöpften Zustand noch möglich ist. Ich hätte bei FriendsCity nach dem Hotdog-Crash weiterspielen sollen mit einer Version, in der mich Jo sehr fürsorglich nach Hause begleitet, wir noch Tee in unserer Küche trinken und ich dann sehr früh ins Bett gehe. Da habe ich eindeutig gepatzt! Ich gähne.

»Isi, du siehst echt ein bisschen fertig aus«, stellt Jo fest. »Willst du vielleicht nach Hause fahren? Ich komm hier schon klar mit dem Dosenwerfen.«

Ich gucke ihn zweifelnd an. »Wirklich?«

Er lacht. »Wirklich. Ich weiß, Dosenwerfen ist ein totaaal kompliziertes Spiel, aber ich werde die Herausforderung annehmen und die restlichen Gewinne noch unter das Volk bringen. Fahr ruhig!«

»Ich würde dich ja nach Hause bringen«, meldet sich nun Theo zu Wort, »aber du siehst, was hier los ist. Ich werde eindeutig noch gebraucht. Ich muss dann auch mal wieder los.«

Spricht's und trabt los in die andere Ecke der Halle.

Johannes schüttelt den Kopf. »Mann, was für 'n Spacko. Ich werde ihn in Zukunft nur noch den G. O. nennen.«

»Den G. O.?«, frage ich verständnislos.

»Den Großen Organisator!«

Zu Hause angekommen, koche ich mir tatsächlich erst mal einen Tee. Mama und Papa sind gar nicht da, ich glaube, sie wollten in die Stadt fahren und noch ein paar Sachen im Büro erledigen. Das machen sie am Wochenende manchmal. Sie sagen, da hätten sie mehr Ruhe, weil nicht ständig das Telefon klingelt. Ich freue mich eigentlich immer, wenn mich jemand anruft oder mir eine Nachricht schickt, aber das scheint anders zu sein, wenn man erst mal erwachsen ist.

Mit dem Tee verziehe ich mich auf mein Zimmer und setze mich aufs Bett. Was für ein verrückter Tag! Ich kann immer noch nicht glauben, dass die Sache mit Clarissa und dem Skateboard-Crash wirklich passiert ist. Okay, ich habe es mit eigenen Augen gesehen, aber begreifen kann ich es immer noch nicht. War das wirklich ich? Oder vielmehr: War ich das mit dem Spiel? Schon gut, die Frage ist wirklich rein rhetorisch, denn die Antwort ist sowieso klar. Sie lautet eindeutig JA. Bei diesem Gedanken läuft es mir kalt den Rücken herunter. Aber es ist kein ganz unangenehmes Gefühl, denn irgendwie ... Tja, wie soll ich sagen? Irgendwie hat es auch ein bisschen Spaß gemacht, die blöde Clarissa in den Stand rauschen zu lassen. Ich frage mich, ob mich das zu einem schlechten Menschen macht. Nö. Clarissa hat es voll verdient!

»Oh, du bist ja schon zu Hause!« Fanny ist mit einem Stapel Wäsche unter dem Arm in meinem Zimmer aufgetaucht. Offenbar will sie heute mal in Ruhe bei uns »Klarschiff machen«, wie sie das nennt.

»Ja, das Schulfest war nicht so doll, und ich war irgendwie müde«, erkläre ich ihr.

»Willst du vielleicht ein Stück Pflaumenkuchen? Wir müssten ihn allerdings erst mal zusammen backen. Ich habe alle Zutaten dabei.«

Pflaumenkuchen backen? Ich liebe Pflaumenkuchen! Was für eine geniale Idee! Das ist jetzt genau das Richtige. Ich habe einfach die beste Großmutter der Welt!

Zwei Minuten später stehen wir nebeneinander in der Küche, putzen Pflaumen und entkernen sie.

»Die haben mich heute früh auf dem Markt so angelacht,

da musste ich sie einfach mitnehmen«, erklärt Fanny. »Dein Vater isst doch auch so gern frisch gebackenen Pflaumenkuchen. Ich dachte, wenn die beiden heute Nachmittag aus der Kanzlei kommen, freuen sie sich bestimmt darüber.«

Ich nicke. »Ja, bestimmt! Und ich freue mich erst. Ich habe nämlich noch gar nichts Richtiges gegessen.«

»Nanu? Gab es denn nichts auf eurem Schulfest? Theo hat mir erzählt, dass er ungefähr alle zehn Meter einen Stand mit Essen eingeplant hat. Ich wollte eigentlich auch noch einen Kuchen spenden, aber das habe ich nicht mehr geschafft. Es sollte doch auch einen Hotdog-Stand geben, ich glaube, Theo hat sogar ein schwedisches Möbelhaus als Sponsor gewonnen.«

Bei der Erwähnung der Hotdogs bekomme ich wie aus dem Nichts einen Lachanfall. Ich kriege keine Luft mehr und halte mir schon nach kurzer Zeit die Seiten.

»Gute Güte!«, ruft Fanny. »Was ist denn bloß mit dir los?«

»Ich ... hihi ... kann's dir nicht ... hahaha ... erklären«, japse ich und schnappe nach Luft, »es ist nur ... der Hotdog-Stand!«

»Ja?« Fanny guckt völlig verständnislos. Kein Wunder.

Ich versuche mich zu beruhigen, indem ich mich zwinge, ganz tief durchzuatmen. Nach drei Minuten geht es wieder einigermaßen.

»Also, es ist genau der Hotdog-Stand, der heute beim Schulfest zusammengebrochen ist. Clarissa ist mit Jos Skateboard reingekracht, und dann haben sie und unser

Direktor eine volle Ladung Ketchup, Mayo und Gurkenscheiben abbekommen. Das war schon ganz schön komisch.«

»Oje, die arme Clarissa!«

»Kein Stück! Die hat es echt verdient, Oma!«

Meine Großmutter mustert mich nachdenklich. »Hast du sie da etwa reingeschubst?«

»Nein, natürlich nicht! Wie kommst du denn auf die Idee?«

Fanny zuckt mit den Schultern. »Ich weiß nicht. Es ist irgendwie dein Grinsen, das mich auf den Gedanken bringt. Und die Tatsache, dass du dich so darüber freust. So kenne ich dich gar nicht.«

»Äh, nein, ich freue mich gar nicht!«

Ich merke, wie mir das Blut in die Wangen schießt. Mann, jetzt belüge ich schon meine Oma! Also, nicht richtig. Aber irgendwie ja doch. Schließlich war ich es, die Clarissa den virtuellen Schubs gegeben hat. Aber das kann ich Fanny kaum erzählen, ohne dass sie mich für total verrückt hält. Also lasse ich es lieber und schäme mich dafür!

Falsche Freunde

13. Kapitel

Am nächsten Montag gibt es nur zwei Themen in der Schule: das Hotdog-Stand-Unglück und das Casting bei Herrn Gambati am nächsten Tag. Letzteres sorgt für eine kleine Menschentraube am Lehrerzimmer, weil dort der Zettel hängt, auf dem man sich für das Vorsprechen eintragen muss. Und über Ersteres unterhalten sich wirklich ALLE, und ich bin überrascht, wie schlecht Clarissa dabei wegkommt. Ich meine, bis Freitag war sie noch die Queen of Heinrich-Heine-Schule, und jetzt sind alle total gehässig und schadenfroh, dass ihr das beim Schulfest passiert ist. Ich bilde mir ein, dass selbst die Mädels aus ihrer Clique grinsend darüber tuscheln, während sie in der Pausenhalle eine Cola trinken.

Ich versuche, mich möglichst unauffällig neben Maggi und Rike zu stellen, um zu hören, worüber die beiden reden.

»Tja, ich würde sagen, da hat Clarissa mal ihr schlechtes Karma eingeholt«, flüstert Maggi und fährt sich durch ihre immer noch ziemlich grünen Haare.

Rike nickt. »Meine Mutter sagt immer: Kleine Sünden straft der liebe Gott sofort! Da hat Clarissa diesmal einfach Pech gehabt! Sah aber auch echt komisch aus, die ganze Mayo in ihren Haaren! Hoffentlich hat sie sich bis zum Vorsprechen von dem Schock erholt, sonst wird das wohl nichts mit der Hauptrolle.«

Beide kichern los, und ich frage mich, welches schlechte Karma Maggi wohl meint.

»Eigentlich hätte Charly dann auch in irgendeinen Stand stolpern müssen«, sagt Rike grinsend. Was meint sie bloß damit? Ich komme noch ein Stück näher an die beiden heran und tue dann so, als würde ich mir die Schuhe zubinden.

»Na ja«, meint Maggi, »Charly macht doch immer, was Clarissa sagt. Ohne darüber nachzudenken, ob das 'ne echte Schrott-Aktion ist oder nicht.«

Ich würde am liebsten hochspringen und laut rufen: »*Aber darüber denkt ihr doch alle nicht nach! Wenn Clarissa pfeift, rennt ihr!*« Natürlich mache ich es nicht, denn ich will schließlich wissen, wie das Gespräch weitergeht.

»Hat ja auch nicht funktioniert. Navid und die Jungs sind zwar nicht gekommen, aber Theo hat das Ganze doch trotzdem gewuppt. War wohl nix mit ›ihm einen reinwürgen‹.«

Jetzt lachen beide, und ich bin ganz aufgeregt, weil mir klar wird, dass die Nummer mit Navid und den beiden Siebtklässlern wohl eine fiese, miese Nummer von Clarissa war. Sie wollte, dass das Schulfest, für das sich Theo solche Mühe gegeben hat, ein Reinfall wird. Deswegen hat sie Charly angestiftet, Navid und den anderen gegenüber so zu tun, als würde Theo ihre Hilfe nicht mehr brauchen! Die falsche Schlange! Sie hat die Nummer mit dem Hotdog-Stand also wirklich voll verdient! Wenn Fanny wüsste, was für eine blöde Kuh Clarissa ist, wäre sie bestimmt meiner Meinung.

»Hey, Isi, alles in Ordnung bei dir?« Valerie ist auf einmal neben mir aufgetaucht.

Ich gucke zu ihr nach oben. »Ähm, ja. Wieso?«

»Na, du bindest dir seit ungefähr fünf Minuten die Schuhe zu. Da dachte ich mir, dass du vielleicht Hilfe brauchst.«

»Oder Schuhe mit Klettverschluss«, mischt sich nun noch Theo ein, der offenbar auch gerade in die Pausenhalle gekommen ist.

»Haha, sehr witzig. Meine Schnürsenkel waren verknotet«, erkläre ich und hoffe, dass ich dabei nicht rot werde.

Jetzt drehen sich auch Maggi und Rike zu mir um.

»Oh, du brauchst dich doch nicht vor uns auf den Boden zu werfen!«. Rike kichert. »Das würden wir niemals erwarten. Wir sind doch nicht wie Clarissa. Wobei man die ja tatsächlich vom Boden abkratzen musste, nach ihrem Crash auf dem Schulfest!«

Beide brechen in schallendes Gelächter aus. Ich rapple mich vom Boden hoch und gehe in Richtung Ausgang, ohne Rike und Maggi noch einen Blick zuzuwerfen.

»Wow«, sagt Valerie, »dafür, dass das Clarissas beste Freundinnen sind, reden die ja ganz schön mies über sie.«

»Klassischer Fall von FF«, stellt Theo fest.

»FF?« Sagt mir gar nichts.

»Na, Falsche Freunde«, erklärt Theo und grinst. »Im Gegensatz zu EF. Echte Freunde, also wir.«

»Ich Glückliche!«, rufe ich und mache mit gespielter Begeisterung einen Luftsprung.

»Du brauchst dich gar nicht darüber lustig zu machen«, motzt Theo. »Ich bin mir sicher, jeder andere wüsste so gute Freunde wie uns zu schätzen! Freunde, die gestern nach dem Schulfest übrigens noch Noten fürs Casting rausgesucht haben, damit eine gewisse Person eine perfekte Performance hinlegen kann! Eine Person, die zwar die ganze Zeit vom Üben geredet, aber meines Wissens noch keinen einzigen Ton gesungen hat. Diese Person muss nun von ihren guten Freunden offensichtlich an ihre eigenen Pläne erinnert werden.«

»Du bist der Beste!« Diesmal ist meine Begeisterung ganz und gar nicht gespielt, denn tatsächlich besteht meine Vorbereitung auf das Casting bisher nur darin, dass ich mir mit Theo den Film angeguckt habe. Das ist schon mal gut, wird aber nicht reichen. Okay, ein Lied habe ich mir auch noch ausgesucht, um mich für die Rolle der Gabriella zu bewerben: *When there was Me and You*. Sehr schön, sehr traurig und eigentlich nicht zu schwer. Das schaffe ich schon. Also vorausgesetzt, ich fange mal an zu üben. Vor lauter

FriendsCity und Schulfest habe ich das glatt aus den Augen verloren.

»Danke, Theo! Dann können wir ja loslegen. Wenn sich auch Clarissa um die Hauptrolle bewirbt, dann muss ich echt richtig Gas geben, sonst wird das nichts.«

»Okay, wann proben wir?«, hakt Theo sofort nach.

Ich bleibe an der Tür zum Klassenzimmer stehen und zucke mit den Schultern. »Hm, eigentlich bleibt uns doch nur heute Nachmittag.«

»Kein Problem. Sag mir nur, wann und wo.«

»Nach der letzten Stunde im Musikraum?«

»Gute Idee.«

»Darf ich zuhören?«, will Valerie wissen.

»Von mir aus«, sage ich, »mich stört das nicht. Ich muss mich sowieso an Publikum gewöhnen. Will denn von euch keiner vorsprechen?«

Theo und Valerie schütteln gleichzeitig den Kopf.

»Nee, ich hab doch schon gesagt – schätze, als Bandmitglied bin ich sowieso dabei. Und Schauspielerei ist nicht so meins«, erklärt Theo.

»Hm, eigentlich finde ich die Idee ganz gut«, meint Valerie, »aber ich glaube, ich bin zu schüchtern für so etwas.«

»Du kannst es doch mal mit einer Nebenrolle versuchen«, schlage ich vor. »In dem Musical geht es um eine amerikanische Highschool. Da gibt es also auch noch jede Menge Mitschüler, die keine großen Sprechrollen haben.«

Valerie legt den Kopf schief. »Vielleicht sollte ich es dann doch mal versuchen. Ich kenne den Film aber gar nicht und schon gar kein Lied.«

»Kein Problem«, verkündet Theo und zieht etwas aus seiner Umhängetasche. Ein Heft mit dem Cover des Filmplakats von *High School Musical* – Theo hat das komplette Songbuch besorgt.

»Wo hast du das denn her?«, frage ich überrascht. »Ich dachte, du hättest dich erst gestern nach dem Schulfest darum gekümmert?«

Theo grinst. »Quatsch. Wollte dir eben nur klarmachen, wie sehr ich mich für dich reinhänge und sogar Tag und Nacht arbeite. Das Songbuch war Freitag in der Post. Habe ich im Internet bestellt, bin noch nicht dazu gekommen, es dir zu erzählen.«

Er reicht es mir, und ich blättere darin.

»Wow! Danke, Theo! Ist ja mega, du bist toll!«

Jetzt grinst er noch breiter. »Ja. Mega. Hoffe, du erinnerst dich noch 'ne Weile dran. Sonst mache ich es. Insbesondere, wenn du mir wieder erzählst, was für ein Supertyp dieser Johannes ist.«

»Darf ich auch mal?«, fragt Valerie.

»Klar!« Ich reiche ihr das Buch.

Nachdem sie eine Zeit lang hin und her geblättert hat, schaut sie hoch und lächelt. »Okay, das könnte ich hinkriegen.«

»Oh, kannst du Noten lesen?«, frage ich überrascht.

»Also, ich meine, so gut, dass du dir ein Lied schon vorstellen kannst, wenn du nur die Noten siehst?«

Valerie nickt. »Ja. Ich spiele schon sehr lange Klavier.«

Theo pfeift und hebt anerkennend einen Daumen nach oben. »Nicht schlecht. Wie konnte denn so ein Talent an unserer Schule so lange unentdeckt bleiben?«

Schulterzucken. »Mag nicht so gern im Mittelpunkt stehen und spiele deshalb eher für mich allein. Ich finde immer, dass die Bühne nur etwas für Mädchen ist, die so ... äh ...« Sie verstummt, Theo und ich sehen sie erwartungsvoll an. Sie räuspert sich. »Äh, na, für Mädchen, die so ... irgendwie total dünn sind.«

Sie sieht an sich herunter und schaut uns dann mit einem unsicheren Blick an.

»Ähm, ich bin ja jetzt nicht gerade Size Zero. Ich habe das Gefühl, ich gehöre nicht auf die Bühne.« Sie verstummt wieder, bevor sie dann mit ganz leiser Stimme weiterspricht: »Ich bin zu dick, um bei einem Musical mitzuspielen.«

»Was für ein Quatsch!«, ruft Theo und klingt richtig sauer. »Erstens bist du nicht dick. Und zweitens ...«

»Zweitens kann die Theater-AG mit Sicherheit noch ein paar Musiker brauchen!«, rufe ich. »Es gibt in dem Stück auch eine Rolle für ein Mädchen, das gut Klavier spielt. Kelsi, die Komponistin des Musicals, das die Schüler aufführen wollen. Das solltest du mal probieren – dann könnten wir auch gemeinsam vorsprechen und sind beide nicht so aufgeregt, okay?«

Valerie guckt noch etwas zweifelnd. »Ich weiß nicht, ob das das Richtige für mich ist.«

Hysterisches Lachen direkt hinter uns – Clarissa steht ebenfalls vor unserem Klassenraum.

»Ich weiß, was das Richtige für dich ist!«, ruft sie. »Die Rolle des dicken Mädchens aus dem Mathe-Club – die ist dir doch wie auf den Leib geschrieben, Valerie! Die Rolle füllst du garantiert voll aus, wenn ihr wisst, was ich meine.«

Dann grölt sie regelrecht vor Lachen und drängt sich an uns vorbei in die Klasse. Ich kann sehen, dass Valerie mit den Tränen kämpft. Okay, es gibt wirklich nicht den geringsten Grund, mit dieser ätzenden Zicke Clarissa Mitleid zu haben. Es fällt mir eindeutig zu spät auf – aber diese Frau geht gar nicht! Wirklich nicht! Ich werde es ihr zeigen! Und ich weiß auch schon genau, wie!

From Hero to Zero

14. Kapitel

Gähn! Ich bin todmüde! Ist aber auch kein Wunder: Wir haben gestern noch bis abends im Musikraum für das Casting geübt, danach musste ich nach dem Abendessen noch jede Menge Hausaufgaben erledigen – und dann war ich fast die ganze Nacht auf FriendsCity aktiv. Aber auch wenn mir fast die Augen zufallen: Ich glaube, es hat sich gelohnt. Wenn es so läuft wie geplant, wird das heute ein sehr interessantes Casting!

»Hey!« Theo knufft mich in die Seite. »Nicht einschlafen!«

Ich schüttle mich. »Wieso? Mach ich doch gar nicht! Ich bin hellwach.«

»Von wegen! Du hast gerade angefangen, zu schnarchen. Ich glaube kaum, dass Frau Mayerbach es gut findet, wenn du so deutlich machst, wie langweilig du ihren Unterricht findest.«

Trotz dieser Ansprache kann ich mir das nächste herzhafte Gähnen nicht verkneifen.

Theo starrt mich an. »Wie siehst du heute überhaupt aus?

Megaaugenringe, total blass, und was hast du eigentlich mit deinen Haaren gemacht? Sieht aus, als hätte da ein Vogel sein Nest drin gebaut. Ich dachte, du willst beim Vorsingen ganz steil aus der Kurve kommen. Da hättste ja wenigstens mal etwas früher ins Bett gehen können, Mann!«

»Mach dir keine Sorgen, Theo. Das läuft heute. Garantiert.«

Theo verzieht den Mund, sagt aber nichts mehr. Ist ja irgendwie süß, dass er regelrecht Ehrgeiz für mich entwickelt. Ich schaue zu Valerie. Sie war bei unserer Probenraum-Session gestern echt spitze. Aber ich kann genau sehen, wie nervös sie heute ist. Kein Wunder, so ätzend, wie Clarissa sie gestern behandelt hat.

Die hat übrigens gleich nebenan ebenfalls geprobt. Und zwar mit – Überraschung: Johannes! Der miese Verräter! Ich kriege sofort Pickel, wenn ich nur daran denke! Wobei – Johannes kann wahrscheinlich nichts dafür. Bevor ich dem richtig meine Meinung geigen konnte, hat mich Theo noch mal zart darauf hingewiesen, dass Jo und Clarissa ja schon in *Kabale und Liebe* zusammen auf der Bühne standen und es sich wahrscheinlich nur um einen Gefallen unter Kollegen handelt und doch ein naheliegender Gedanke ist. Na gut, ich hätte Johannes auch nicht meine Meinung gegeigt, wenn Theo nichts gesagt hätte. Hätte ich überhaupt nicht über die Lippen gebracht.

Immerhin wusste ich so aber, dass Johannes auch vorsingt, und auch, was er geübt hat. Passte perfekt zu meinem

Plan. Bei dem Gedanken daran bin ich gleich ein bisschen wacher!

»Ah, guten Morgen! Fräulein Winter ist auch wieder unter den Lebenden!« Frau Mayerbach ist direkt vor mir stehen geblieben und mustert mich streng. »Ich werde das Gefühl nicht los, dass Sie heute ein wenig geistesabwesend sind, meine Liebe! Darf ich erfahren, was Sie so beschäftigt? Also, ich meine, so viel mehr als das Zeitalter der Aufklärung?«

Ich richte mich auf meinem Platz auf. »Gar nichts. Ich ... äh ... bin Feuer und Flamme für die Aufklärung.«

»Wirklich? Ich bin begeistert. Dann lassen Sie uns bitte an Ihrem Wissen teilhaben, Fräulein Winter. Nennen Sie uns bitte einen großen französischen Vordenker der Aufklärung. Also, nur, wenn es Ihnen nichts ausmacht.«

Sie lächelt. Nein, sie grinst, weil sie denkt, dass sie mich damit richtig in die Pfanne hauen wird. Aber diesmal bin ich vorbereitet!

»Voltaire!«, antworte ich wie aus der Pistole geschossen. »Eigentlich François-Marie Arouet, geboren am 21. November 1694 in Paris, dort auch gestorben, und zwar am 30. Mai 1778, war ein französischer Philosoph und Schriftsteller. Er ist einer der meistgelesenen und einflussreichsten Autoren der französischen und europäischen Aufklärung.«

Frau Mayerbach fällt regelrecht die Kinnlade runter. Erst sagt sie ungefähr eine sehr lange Minute nichts, dann räuspert sie sich.

»Vielen Dank, Isi«, murmelt sie und klingt ziemlich enttäuscht über mein unerwartetes Wissen. »Voltaire. Völlig richtig.«

Dann verstummt sie wieder. Bevor es noch peinlich werden kann, kommt die Erlösung für Frau Mayerbach in Form des Pausengongs.

Auf dem Weg in den Musikraum ist mir einen kurzen Moment lang doch etwas flau, aber dann denke ich an gestern Nacht und beruhige mich wieder. Was soll mir schon passieren? Es wird alles eins a laufen!

Aus dem Raum kommt schon angeregtes Gemurmel, ungefähr dreißig Jungen und Mädchen stehen um das Klavier herum, an dem Frau Gambati Platz genommen hat. Ihr Mann sitzt am Lehrerpult, das direkt vor der kleinen Bühne im Musikraum steht. Vor sich hat er Block und Stifte liegen, entfernt erinnert das nun tatsächlich an die Castingszenen, die ich schon in dem ein oder anderen Film gesehen habe.

»Isi, mir ist total schlecht«, jammert Valerie, »ich glaube, ich kann das nicht! Sei mir nicht böse, aber ich gehe jetzt einfach wieder.«

»So 'n Quatsch!«, schimpfe ich. »Du bleibst gefälligst da und machst es genau so, wie wir es gestern geübt haben!«

»Ich kann nicht!«

»Mann, reiß dich mal zusammen! Wenn du es schon nicht für dich selbst tun willst, tu es wenigstens für mich! Wer soll mich denn sonst am Klavier begleiten?«

»Kann doch Theo machen. Der spielt sowieso viel besser als ich.«

»Da würde ich dir zwar recht geben«, sagt Theo, der uns natürlich zum Vorsprechen begleitet, »aber das ändert ja nichts daran, dass du die perfekte Besetzung für die Rolle der Kelsi bist, nicht ich. Was man schon daran sieht, dass ich kein Mädchen bin.«

Clarissa schneit an uns vorbei. »Na, ihr Loser? Bereit für eure nächste Niederlage?«, flötet sie.

»Natürlich!«, antwortet Theo mit einem strahlenden Lächeln in ihre Richtung und schiebt Valerie vor sich her durch die Tür in den Musikraum. Genau nach Plan!

Herr Gambati sieht uns, steht vom Pult auf und winkt uns zu.

»Hey, schön, dass ihr auch mitmachen wollt! Wir fangen gleich an. Ich verteile mal eben die Zettel, die meine Frau und ich vorbereitet haben. Da stehen noch mal alle Rollen, die wir heute casten, genau drauf. Mein Tipp: Legt euch nicht zu sehr auf eine Rolle fest, vielleicht sind wir hier auch der Meinung, dass eine andere viel besser zu euch passt.«

Seine Frau kommt vom Klavier hinüber zu ihm. »Genau. Legt euch nicht zu fest, das ist am besten. Wichtig ist für mich jetzt vor allem, zu erfahren, ob ihr singen oder tanzen wollt. Und ob es eine Haupt- oder eine Nebenrolle sein soll, denn natürlich sind die Hauptrollen ganz schön viel Arbeit.«

»Wenn ihr euch entschieden habt, tragt euch bitte in die

Liste hier auf meinem Tisch ein, wir werden euch dann der Reihe nach vorsprechen lassen«, erklärt Herr Gambati. »Wir beginnen mit den Hauptrollen. Vier von diesen singen im Duett, deshalb möchten wir uns diese auch paarweise angucken. Und jetzt bin ich wirklich auf eure Auftritte gespannt!«

Ich gehe zum Tisch und ziehe Valerie dabei regelrecht hinter mir her. Dann nehme ich den Stift, schreibe ziemlich groß GABRIELLA auf die Liste und schubse Valeria nach vorn.

»Los, trau dich!«, zische ich ihr zu, und tatsächlich trägt sie sich mit KELSI ein. Sehr gut!

Clarissa guckt ihr von hinten über die Schulter. »Aber Valerie, das dicke Mädchen heißt doch nicht Kelsi. Kelsi ist die Pianistin. Das dicke Mädchen heißt anders. Falls es überhaupt einen Namen hat. Na ja, Frau Gambati kann dir da bestimmt weiterhelfen.«

Sie drängt sich zwischen uns durch und nimmt die Liste hoch.

»Und was lese ich denn da? Isi Winter will doch tatsächlich für die Gabriella vorsingen.« Sie dreht sich zu mir und grinst. »Mutig, mutig, sich so völlig talentfrei gleich auf eine Hauptrolle zu bewerben. Aber auch ungefährlich. Du wirst es ja eh nicht.« Sie kichert. »Komm, gib mir mal den Stift!«

Valerie drückt ihn ihr wortlos in die Hand, Clarissa dreht sich wieder zum Tisch, legt den Zettel drauf und trägt sich in die Liste ein. Ebenfalls als Gabriella. Und dann schreibt sie tatsächlich noch Johannes drauf – als ob der sich nicht selbst in die Liste eintragen könnte!

Ruhig bleiben!, ermahne ich mich, denn am liebsten würde ich ihr jetzt das Songbuch um die Ohren hauen, das noch in meiner Tasche steckt. Aber das ist ja gar nicht nötig, denn ich habe schließlich vorgesorgt!

»So!« Frau Gambati klatscht in die Hände. »Dann lasst uns mal loslegen. Setzt euch alle auf die Stühle vor der kleinen Bühne, ich rufe dann diejenigen auf, die auf der Bühne vorsprechen. Okay?«

Zustimmendes Gemurmel. Sie holt sich die Liste und gibt sie dann an ihren Mann weiter. Der wirft einen Blick drauf.

»Alles klar. Wir beginnen mit den Hauptrollen. Ist Johannes schon da? Ich habe ihn noch nicht gesehen.«

Clarissa meldet sich. »Der müsste jeden Moment kommen, der hat bis eben eine Klausur geschrieben.«

»Hm, okay. Dann gucke ich mal, wer noch den Troy singen möchte ... Moment ... ach, hier: Navid. Bestens. Navid und Clarissa, kommt ihr mal zu mir auf die Bühne?«

»Was?« Clarissa sieht aus, als hätte Herr Gambati sie gebeten, aus dem Fenster im dritten Stock zu springen. »Was soll ich denn mit Navid auf der Bühne?«

»Na, was wohl? Singen! Meine Frau hat es eben schon erklärt – es gibt vier Hauptrollen, die auch jeweils miteinander im Duett singen. Und ich will das Casting gleich nutzen, um zu gucken, wer mit wem besonders harmoniert. Also wirst du jetzt mit Navid zusammen Troy und Gabriella singen.«

»Ich soll WAS?« Clarissas Stimme wird schrill.

»Clarissa, was ist das Problem?« Langsam klingt Herr Gambati ungeduldig.

»Ganz einfach: Ich will nicht mit Navid singen. Ich habe mit Johannes geprobt, also will ich auch mit ihm singen. Navid als Troy – das ist doch ein totaler Witz!«

Navid guckt zu ihr rüber, als würde er ihr liebend gern den Mittelfinger zeigen. Er lässt es aber.

Frau Gambati runzelt die Stirn. »Also, Kinder, jetzt muss ich doch mal ein paar Worte zum Thema Casting loswerden: Wer sich um eine Rolle bewirbt, muss selbstverständlich als Allererstes den Anweisungen des Regisseurs folgen. Also, wenn der sagt: ›*Sing mal mit dem und dem*‹, dann ist man gut beraten, es zu tun. Und nun bitte: Navid und Clarissa.«

Mit zusammengepressten Lippen klettert Clarissa auf die Bühne. Navid folgt ihr.

»So, gibt es ein Duett, das ihr schon vorbereitet habt?«, ruft Herr Gambati betont fröhlich. »Also, unabhängig voneinander, aber so, dass ihr es jetzt zusammen singen könntest?«

Navid nickt. »Ich habe tatsächlich *Start of Something New* vorbereitet.«

»Prima. Clarissa, du auch? Oder soll es dir meine Frau kurz anspielen?«

»Nicht nötig«, zischt Clarissa. »Ich kann alle Lieder von Gabriella!«

»Umso besser. Dann auf drei!«

Herr Gambati zählt, bei »drei« haut seine Frau das Intro in die Tasten, und Navid beginnt zu singen. Und zwar erstaunlich gefühlvoll! Wir Zuhörer nicken und murmeln anerkennend.

Dann kommt Clarissas Einsatz, und die Überraschung könnte nicht größer sein: Es klingt absolut grausam! Ihre Stimme liegt einen halben Ton über der Melodie und ist so kreischig, als würde man eine Katze foltern. Navid verpasst vor Schreck seinen Einsatz, und Frau Gambati hört tatsächlich auf zu spielen.

»Wohh, wohh, woooh ...« Herr Gambati geht auf Clarissa und Navid zu. »Clarissa, das ist ... äh ... ja, also – bist du irgendwie erkältet?«

Sie schaut ihn mit großen Augen an. »Nein. Warum?«

Sie selbst hat offenbar nichts gemerkt. Die ersten Jungs und Mädchen fangen an zu kichern.

»Na ja«, sagt Herr Gambati vorsichtig, »mir scheint, du bist heute nicht ganz bei Stimme. Vielleicht trinkst du ein Glas Wasser?«

»Warum? Alles ist bestens! Ich brauche kein Glas Wasser. Los, lassen Sie uns weitermachen.«

Herr Gambati seufzt. »Na gut. Versuchen wir es noch mal. Schatz, fängst du bitte noch mal von vorn an?«, fordert er seine Frau auf.

»Wenn du meinst ...«

Wieder die ersten Takte, dann setzt Navid ein.

»Living in my own world, didn't understand, that anything can happen when you take a chance ...«

Wieder sehr schön, sehr gefühlvoll – aber er hat das letzte Wort noch nicht gesungen, da platzt Clarissa mit ihrem Text regelrecht ins Lied hinein. Aua! Das dröhnt und quietscht in den Ohren!

»I never believed in what I couldn't see, I never opened my mind ... to all the possibilities ...«

Himmel, hilf! Es ist nicht nur einfach schlimm – es ist schlimmer!

»Stopp, stopp, stopp – Clarissa, so leid es mir tut, ich glaube, die Gabriella ist nicht die richtige Rolle für dich. Es gibt doch auch Sprechrollen in dem Stück, vielleicht schaust du dir die mal näher an?«

»Also wirklich!« Clarissa springt schnaubend von der Bühne. »So lasse ich nicht mit mir umgehen! Niemand hier hat so eine tolle Stimme wie ich! Ich bin raus aus der Nummer!«

Und schon schnappt sie sich ihre Tasche, die noch auf einem der Stühle liegt, und rennt aus dem Musikraum. Sie pfeffert die Tür mit einem lauten Krachen ins Schloss, dann herrscht absolute Stille. Für ungefähr eine Minute.

Herr Gambati schüttelt sich, als könne er nicht glauben, was hier gerade passiert ist.

»Wow! Was war das?«

Er fährt sich mit einer Hand durch die Haare, seine Frau starrt völlig entgeistert Richtung Tür.

»Oh Mann, du hast mir nicht gesagt, wie verrückt Schülertheater ist. Sonst hätte ich mir das mit der Koproduktion vielleicht noch mal überlegt«, meint sie schließlich und setzt sich wieder ans Klavier. »Aber lasst uns einfach weitermachen und hoffen, dass die nächsten Aspiranten keine so kurze Zündschnur haben.«

In diesem Moment klopft es an die Tür, zwei Sekunden später steht Johannes im Raum.

»Hallo, Herr Gambati! Tut mir leid, dass ich so spät komme, aber ich musste Herrn Kipp-Zeh nach unserer Klausur noch helfen, das Smartboard neu zu starten.«

»Kein Problem. Du kommst gerade richtig. Wir haben schon angefangen und sind bei den Hauptrollen. Duett Gabriella und Troy – dafür bist du auch hier auf der Liste eingetragen. Bist du bereit?«

»Ja, ähm ... es ist nur ...« Johannes schaut sich suchend im Raum um. »Wo ist denn Clarissa? Eigentlich hatten wir es zusammen einstudiert. Ist sie noch nicht da?«

Gekicher von uns Zuschauern. Und auch Herr Gambati sieht so aus, als müsste er sich ein Lachen schwer verkneifen, als er Jo antwortet.

»Clarissa? Die ist schon wieder gegangen. Ich würde sagen, wir legen jetzt mal richtig los. Johannes und Louisa also bitte auf die Bühne!«

Oben ohne

15. Kapitel

»Das war einfach unglaublich! Ich meine, es war ganz einfach und genau so, wie du gesagt hast! Ich habe mich hingesetzt und als Kelsi Klavier gespielt, und du und Jo habt als Gabriella und Troy gesungen – einfach Wahnsinn! Genau wie im Film.«

Valerie ist völlig aus dem Häuschen. Sie hat sich beim Casting wirklich gut geschlagen, und ich bin mir sicher, dass sie die Rolle der Kelsi bekommen wird – aber hoffentlich regt sie sich noch mal ab. Seit wir den Musikraum verlassen haben, springt sie wie ein Flummi auf und ab und lacht zwischendurch einigermaßen irre.

Theo klopft mir auf die Schulter.

»Also, ich muss schon sagen – dein Auftritt hat mich echt vom Hocker gehauen. Ich meine, du warst gestern schon gut. Aber heute: Das war noch mal eine echte Steigerung. Und du wirktest total cool. So als ob du genau wissen würdest, wie das gleich läuft. Sensationell!«

Tja, wenn Theo wüsste! Denn schließlich WUSSTE ich wirklich ganz genau, wie das Casting laufen würde. Ich hatte es schließlich in der Nacht zuvor bei FriendsCity genau so gespielt. Wirklich genau so! Inklusive des Totalaussetzers von Clarissa und der Verspätung von Johannes. An die sich dann mein wirklich triumphales Vorsingen mit ihm anschloss. Meine Mitschüler waren so begeistert, dass sie nichts mehr auf den Sitzen hielt. Sogar die Gambatis haben spontan applaudiert. Eben wie in meinem Spiel. Alle Rollen hatte ich schon nachts verteilt, in der Realität ist es dann genau so gekommen. Ich fühle mich in diesem Moment, als würde ich auf Wolken laufen. Nein, als würde ich fliegen! Das Gefühl, das mich gerade durchfließt, ist wie Strom – als hätte ich an einen Weidezaun gefasst, nur eben angenehmer.

Als ich in den Klassenraum komme, drehen sich alle Köpfe zu mir um. Die Nachricht von meinem Sensationsauftritt hat sich offenbar schon an der ganzen Schule herumgesprochen. Nur eine zeigt mir stumpf die kalte Schulter: Clarissa. Klar. Ist echt kein schöner Tag für sie. Muss sie aber durch. Sie sitzt völlig allein an ihrem Tisch. Der Rest ihrer Clique war auch beim Casting und trudelt mit Theo, Valerie und mir gerade erst wieder im Klassenzimmer ein.

»Mann, Clarissa, warum bist du denn abgehauen?«, ruft Rike. »Du hast echt was verpasst. Isi und Jo sind zusammen einfach groß.« Sie kichert, und es ist ziemlich leicht zu erkennen, dass sie Clarissa eins reinwürgen will.

»Aber es gibt auch eine gute Nachricht – es ist ein Recall

angesetzt worden, weil die Zeit nachher ganz schön knapp wurde«, verkündet Maggi. »Die Sprechrollen sind noch nicht alle besetzt. Da könnte doch etwas für dich dabei sein. Vielleicht die Rolle von dieser Hochbegabtenclub-Tussi. Taylor oder wie die heißt.«

»Oder die Rolle von dem dicken Mädchen!«, kräht Valerie fröhlich dazwischen. »Jetzt, wo ich die nicht spiele, wäre sie ja für dich noch frei!«

Theo und ich fangen an zu lachen. Clarissa würde uns am liebsten mit Blicken töten.

»Hey, Valerie, du wirst ja richtig mutig!«, ruft Navid ihr zu. »War aber echt 'ne coole Nummer, dein Einsatz als Pianistin. Hätte ich dir gar nicht zugetraut.«

»Danke«, sagt Valerie und wird ein bisschen rot. Dann zupft sie mich am Ärmel.

»Und vor allem noch mal danke an dich, Isi. Ohne dich hätte ich mich das niemals getraut.«

»Kein Problem«, verkünde ich großmütig, »hab ich gern gemacht.«

»Also, wenn ich mal was für dich tun kann – sag Bescheid.«

Ich überlege kurz. »Ja, da gibt es tatsächlich etwas.«

»Und zwar?«

»Nenn mich doch in Zukunft Lou. Ich habe das Gefühl, dass das besser zu mir passt.«

»Gute Güte, Louisa, was ist denn bloß los mit dir?« Fanny guckt mich erstaunt an, als ich fröhlich pfeifend durch die Wohnungstür gehüpft komme.

»Nichts ist los – ich bin einfach gut gelaunt!«

»Ja, das sehe ich. Aber du bist außerdem so hibbelig und unruhig. Ist irgendwas passiert?«

»Absolut! Ich werde die Hauptrolle in unserem Schulmusical spielen!«

»Mensch, das ist ja großartig! Ich wusste gar nicht, dass du solche Bühnenambitionen hast! Das musst du mir beim Essen mal genauer erzählen. Komm, es gibt Lasagne.«

Kurz darauf sitze ich vor meinem dampfenden Teller. Gut, dass die Lasagne so heiß ist, denn so macht es rein gar nichts, dass ich ohne Punkt und Komma auf Fanny einrede, weil ich ihr natürlich haarklein erzählen muss, wie das Casting abgelaufen ist, wie unmöglich sich Clarissa benommen hat, wie traumhaft es war, mit Jo zu singen, wie mich alle bewundert haben und, und, und, und! Fanny hört aufmerksam zu, lacht dann und wann, schüttelt den Kopf, nickt und sagt erst mal nichts. Als ich kurz Luft hole, grätscht sie dazwischen.

»So, Isi, jetzt isst du bitte erst mal etwas! Mir schwirren schon die Ohren, und die Lasagne wird auch nicht mehr ewig warm bleiben!«

»Ja, ja, Oma, hast ja recht. Aber ich bin gerade so glücklich, dass es geklappt hat. Es war einfach exakt so, wie ich es vorher durchgespielt habe.«

»Du hast WAS?!« Fannys Ton klingt so scharf, dass ich sofort zusammenzucke.

»Ähm, na, es war so, wie ich es mir erhofft hatte«, antworte ich zögerlich.

»Nein, das hast du eben nicht gesagt. Du hast gesagt, du hättest es vorher durchgespielt.«

»Na ja«, stottere ich, »wie man das halt so sagt ... äh ... also, ich verstehe nicht, worauf du hinauswillst.«

»Ich will wissen, was du gestern gemacht hast. Hast du dir eine Art Theaterstück geschrieben? Ein Drehbuch? Für heute?« Fanny mustert mich durchdringend. Was ist denn plötzlich mit der los? Von FriendsCity kann sie doch nichts wissen. Ich merke, wie ich mich unter ihrem strengen Blick sehr unwohl fühle.

»Das sagt man doch einfach so, dass man etwas durchspielt«, winde ich mich raus. »Also, klar habe ich vorher drüber nachgedacht. Aber das ist doch wie vor einer Prüfung. Mama sagt, ich soll mir vorher vorstellen, dass alles gut läuft. Weil ich doch immer so nervös bin.« Ich schlucke trocken.

»Aha.« Mehr sagt Fanny dazu nicht. »Na, dann gratuliere ich dir. Deine Mutter hat natürlich recht. Die eigene Vorstellungskraft ist eine mächtige Waffe.«

Danach vermeiden wir es beide, noch mal über das Casting zu sprechen. Ich, weil ich mich irgendwie ertappt fühle. Und Fanny, weil ... Ja, warum eigentlich? Ich weiß es nicht, aber auf alle Fälle sagt sie nichts mehr dazu, sondern fragt mich, wie mir der Zirkus neulich gefallen hat und ob wir nicht auch mal wieder zusammen in den Zoo gehen wollen, so wie wir es früher immer getan haben.

»Ja, gute Idee«, antworte ich. »Für heute sind allerdings echt viele Hausaufgaben angesagt. Ich mach mich gleich mal ran.«

Dann verschwinde ich in mein Zimmer. Allerdings nicht, um Hausaufgaben zu machen. Stattdessen schmeiße ich mich auf mein Bett und ziehe mein Handy aus der Hosentasche. Ich muss unbedingt noch eine Runde FriendsCity spielen, es brennt mir regelrecht unter den Nägeln! Eine Idee habe ich auch schon. Denn ich finde, Clarissa war heute einfach noch nicht kleinlaut genug. Eigentlich war sie überhaupt nicht kleinlaut, sondern immer noch ziemlich zickig. Hat mir zum Beispiel gar nicht zu meinem tollen Auftritt gratuliert, ts, ts, ts! Das gehört sich natürlich nicht, und dafür hat sie einen Denkzettel verdient!

Als ich mich bei FriendsCity einlogge, kribbelt es überall, so als würden lauter Ameisen über meine Arme und Beine laufen. Schnell lade ich ein Bild unserer Sporthalle hoch – ich habe sie mal fotografiert, als die Jazzdance-Gruppe dort einen völlig absurden Tanz aufgeführt hat, und die Bilder seitdem nicht gelöscht. Dann noch die Avatare reingesetzt, fertig ist die Szene. Wollen wir doch mal sehen, ob wir Clarissa nicht noch ein bisschen ärgern können ...

»So, dann wollen wir euch mal ein bisschen auf Touren bringen.« Unsere Sportlehrerin Frau Lümkemeyer guckt in die Runde. »Ich pfeife einmal, der Erste in der Reihe läuft los, ich pfeife das zweite Mal, der Erste geht in die Hocke, der Zweite läuft los, springt über den Ersten, geht dann selbst in die Hocke, und der Erste springt über ihn. Das Ganze im Wechsel drei, vier Mal im großen Kreis durch die Sporthalle, bis ihr zur Gruppe aufgeschlossen habt. Pfeife ich dann das nächste Mal, sind Nummer drei und vier dran. Das machen wir so lange, bis alle einmal dran waren, und dann fangen wir wieder von vorn an. Verstanden?«

Nicken und Murmeln. Wir stellen uns in einer Reihe auf, als Erstes laufen Simon und Theo los. Sie sind relativ schnell. Bei Navid und Ben, die als Nächstes starten, sieht das Ganze schon etwas wackeliger aus. Ella und Mara – Totalausfall: Als Ella über Mara springen will, setzt die sich glatt auf den Po, und Ella fällt hin. Die 8d lacht sich schlapp, am lautesten natürlich Clarissa. Sie hat sich von dem gestrigen Tag offenbar gut erholt und ist schon wieder ganz die Alte, will sagen: die Gemeine. Frau Lümkemeyer bläst energisch in ihre Trillerpfeife.

»Schluss jetzt mit dem Theater! Habt ihr denn gar keine Körperkoordination? Das kann doch nun wirklich nicht so schwer sein. Ihr steht in der Hocke bitte fest auf beiden Füßen, und der Springer springt bitte möglichst hoch und rammt den anderen nicht in den Boden! So, Clarissa, du scheinst es ja besser als deine Klassenkameraden zu können, wenn du dich hier amüsierst. Du machst es jetzt mal vor. Und zwar mit ...«, sie mustert uns, »... und zwar mit Isi, das müsste von der Größe her gut passen.«

»Isi heißt jetzt Lou!«, ruft Valerie dazwischen, und wieder lachen alle.

Frau Lümkemeyer trillert noch mal energisch. »Ruhe im Karton! Also, Clarissa und Isi oder Lou oder wie auch immer du jetzt heißt, los geht's.«

»Stütz dich bloß nicht so fest auf mich auf, du fette Kuh«, zischt Clarissa mich an, bevor sie sich in Position stellt. Frau Lümkemeyer pfeift, Clarissa rennt los, der zweite Pfiff ertönt, ich laufe los, und Clarissa geht in die Hocke. Als ich mich mit den Händen abstütze, um über sie zu springen, zuckt sie mit dem Rücken leicht nach oben, sodass ich tatsächlich fast das Gleichgewicht verliere. Ich fange mich aber schnell, lande sicher und gehe nach ein paar Metern selbst in die Hocke. Kurz darauf spüre ich Clarissas Hände auf meinem Rücken. Was dann passiert, kann ich nicht sehen, aber an den Pfiffen und dem Gejohle meiner Mitschüler höre ich, dass etwas passiert sein *muss*. Scheint also geklappt zu haben mit meiner Szene.

Ich richte mich auf und schaue nach vorn. Dort steht Clarissa – OBEN OHNE! Also, nicht ganz. Aber ihr weißes T-Shirt ist vorn aufgeplatzt, und man kann deutlich sehen, dass sie ihre beachtliche Oberweite einem rosafarbenen Push-up-BH verdankt, der noch dazu ausgestopft ist. Die reingestopften Silikoneinlagen sind offenbar verrutscht, sie ragen deutlich aus dem BH heraus. Clarissa läuft dunkelrot an, macht dann auf dem Absatz kehrt und rennt raus aus der Halle Richtung Umkleidekabine.

Die Klasse lacht immer lauter und lässt sich auch durch energisches Trillergepfeife nicht so schnell beruhigen. Ich hingegen bin die Ruhe selbst und empfinde nur eine herrliche Genugtuung, ein Gefühl von Macht. Kein Wunder. Schließlich bin ich es, die sich diese Szene ausgedacht hat. Ich, Lou Winter, habe die Sache hier völlig im Griff!

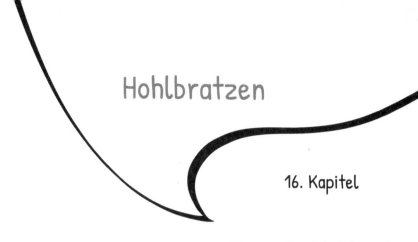

Hohlbratzen

16. Kapitel

»Hey, gut, dass ich dich sehe!« Jo kommt zum Fahrradständer geschlendert und winkt mir zu. Ich kriege sofort Herzrasen. »Sag mal, wollen wir uns schon mal zum Proben treffen? Ich meine, außerhalb der allgemeinen Proben? Ich glaube, ich brauche ein bisschen mehr Übung.« Er lächelt mich an, und ich habe Angst, dass ich gleich in Ohnmacht falle.

»Klar, warum nicht?«, krächze ich mit einer Stimme, als hätte ich gerade eine Käsereibe verschluckt. Nicht besonders lässig! Aber Jo scheint das gar nicht zu bemerken, er lächelt und sagt: »Prima, ich check mal, wann der Probenraum frei ist, und schick dir eine Nachricht über IServ.«

»Super«, krächze ich weiter und nehme mir vor, sofort mein Profilbild bei unserem schulinternen E-Mail-System zu ändern. Bei IServ bin ich nämlich immer noch mit Brille und Blümchenshirt abgebildet. Passt überhaupt nicht zu Lou!

»Dann bis bald!« Jo winkt mir noch mal zu, schnappt sich sein Fahrrad und radelt davon.

Ich bleibe wie schockgefrostet stehen und kann es noch gar nicht fassen. Jemand tippt mir von hinten auf die Schulter. Es ist Charly.

»Mann, du Glückliche. Der Typ ist voll süß, und er scheint auf dich zu stehen!«, flötet sie. Wahrscheinlich will sie jetzt einen fiesen Spruch loslassen, so von wegen ›Der braucht ja wohl 'ne Brille‹. Ich überlege mir schon, was ich auf so eine Gemeinheit antworten könnte. Aber Charly hat überraschenderweise was ganz anderes für mich auf Lager.

»Sag mal, wollen wir mal was zusammen machen? Kino oder so? Mit der Clique?«

Ich zucke mit den Schultern. »Weiß nicht. Ich glaube, Clarissa ist jetzt nicht unbedingt scharf darauf, mit mir ins Kino zu gehen.«

Charly macht eine wegwerfende Handbewegung. »Ach, die! Die soll sich mal nicht so anstellen oder einfach zu Hause bleiben. Schon nervig genug, dass sie sich immer so als Chef aufspielt, da muss man nicht auch noch drauf eingehen. Wenn es ihr nicht passt, muss sie ja nicht mitkommen. Also, was meinst du – heute um drei Uhr im Cinepark?«

»Ähm, ja, klar! Gern! Danke!«

»Okay, cool. Freut mich! Dann bis später!«

Charly schließt ihr Fahrrad auf und fährt weg. Ich bleibe noch einen Moment lang stehen und versuche zu begreifen, was da gerade geschieht. Die hat mich doch tatsächlich gefragt, ob ich etwas mit ihnen machen möchte. Das gleiche Mädchen, das mir noch vor drei Wochen auf genau diesem Schulhof ein Bein gestellt hat, will sich mit mir verabreden?

»Alter, das gibt's ja nicht! Was kommt die denn hier angeschleimt?« Ich bin offenbar nicht die Einzige, die sich wundert. Theo taucht neben mir auf und hat anscheinend gehört, was Charly gesagt hat. »Ich hoffe doch sehr, dass du demnächst nicht mit diesen ganzen unterbelichteten Tussen abhängst. Das wäre ja kaum zu ertragen, eine Beleidigung deiner Intelligenz!«

Ich zucke mit den Schultern. »Wieso denn? Vielleicht sind die ja ganz nett.«

Theo lacht, es klingt eher entsetzt als fröhlich. »Ganz nett? Diese Hohlbratzen? Darf ich dich daran erinnern, dass die dich noch gestern sehr fies gemobbt haben? Die sind überhaupt nicht nett!«

»Aber was, wenn das alles nur an Clarissa lag? Die jetzt anscheinend nicht mehr so angesagt ist. Ohne Clarissa sind die bestimmt ganz anders.«

»Hm.« Theo zieht zweifelnd die Stirn kraus. »Ich weiß nicht. Und wenn Clarissa morgen oder nächste Woche wieder mitmischt, dann sind sie wieder doof zu dir? Klingt mir nicht nach einer vielversprechenden Basis für eine Freundschaft!«

»Ey, nun mal halblang! Wir wollen doch nur zusammen ins Kino gehen, keinen gemeinsamen Urlaub planen. Komm doch einfach mit!«

»Auf gar keinen Fall. Klingt erstens schwer nach so einem Mädchendings, und zweitens trau ich denen einfach nicht. Außerdem hat die Band nachher die erste Probe zusammen mit Frau Gambati, und sie hat die Partituren für das Musical dabei. Geht ja nicht nur darum, dass ihr gut singt. Wir müssen auch noch die passende Mucke dazu liefern.«

»Na gut, dann dir viel Spaß. Fährst du noch in meine Richtung?«

Er schüttelt den Kopf. »Nee, ich esse gleich in der Schulkantine und bleibe bis zur Probe hier.«

»Ach so. Unsere Probe ist erst übermorgen. Morgen ist ja noch der Recall. Du weißt schon, wo sie die Sprech- und Nebenrollen vergeben.«

»Tja, dann bin ich ja gespannt, ob Clarissa doch noch eine Rolle abbekommt. Ich sage dir, die dreht völlig durch, wenn sie komplett leer ausgeht!«

»Kann gut sein. Aber so schlimm wird es schon nicht kommen. Das bringt mich übrigens auf eine gute Idee!«

»Nämlich?«, hakt Theo neugierig nach.

»Verrate ich dir nicht. Du wirst es schon sehen.«

Kaum ist mir der Gedanke gekommen, Clarissa per FriendsCity eine ganz bestimmte Rolle im Musical anzudrehen, werde ich wieder so kribbelig, dass ich auf dem Nachhauseweg wirklich kamikazemäßig fahre. Am liebsten hätte ich noch auf dem Schulhof mit dem Spiel losgelegt, aber ich habe Sorge, dass mich jemand beobachtet. Außerdem ist der Empfang dort nicht besonders gut, am besten funktionieren alle Apps auf meinem Handy, wenn ich zu Hause im WLAN bin. Also trete ich wie eine Wahnsinnige in die Pedale und niete beinahe zwei Grundschüler um, die nicht rechtzeitig zur Seite springen. Aus dem Weg! Hier kommt eine Frau mit einer Mission!

Am Haus angekommen, schmeiße ich mein Fahrrad gegen den Zaun und hechte die zwei Stockwerke nach oben. Kaum durch die Wohnungstür, stürze ich mich in mein Zimmer. Weder meine Eltern noch Fanny sind heute da, ich kann also loslegen, ohne gestört zu werden. Zum Glück! Die Anspannung ist bei mir mittlerweile nämlich so groß, dass ich Kopfschmerzen und Herzrasen bekomme und meine Finger zittern, als ich mich bei FriendsCity einlogge.

Ich rufe die alte Castingszene auf, die ich wohlweislich abgespeichert habe. Ah, alles noch drin: der Musikraum, die passenden Avatare, ich muss eigentlich nur die Dialoge ändern. Und – vielleicht mich selbst löschen? Und Johannes? Ob das auch klappt, wenn ich selbst nicht Teil der Geschichte bin? Versuch macht kluch! Also lösche ich mich und Johannes und schreibe die Szene schnell um. Zehn Minuten später spiele ich das Ganze einmal von vorn ab: Sehr gut! Passt alles! Das wird ein Spaß! Also, hoffentlich. Denn diesmal werde ich nicht dabei sein, was eigentlich fast schade ist. Wenn ich ehrlich zu mir selbst bin, möchte ich unbedingt noch weiterspielen. Ich überlege. Was könnte ich noch erschaffen? Vielleicht die erste gemeinsame Probe mit Johannes? Das wäre doch eine gute Sache, nicht dass da noch etwas schiefgeht. Und dann noch das ein oder andere Missgeschick, diesmal für ... sagen wir mal, Navid? Oder einen unserer Lehrer? Why not! Sonst heißt es doch, *immer auf die Kleinen* – ich könnte das ja mal umdrehen. Bei dem Gedanken muss ich kichern. Es macht einfach richtig krass Spaß, Schicksal zu spielen!

»Mensch, Mäuschen! Hast du mich erschreckt!« Meine Mutter ist gerade in mein Zimmer gekommen und hat regelrecht einen Satz nach hinten gemacht, als sie mich gesehen hat.

»Wieso? Ich wohne hier.«

»Ja, aber ich bin schon seit zwei Stunden zu Hause, und es war totenstill in der Wohnung. Ich habe ehrlich gesagt gedacht, du seist noch mit deinen Freundinnen unterwegs. Du hattest mir doch geschrieben, dass du mit ein paar Mädchen ins Kino willst. Ich hätte dich als Nächstes angerufen und gefragt, wann du nach Hause kommst.«

Ich gucke auf die Uhr über meinem Schreibtisch. Tatsache: Es ist schon fast sieben. Und so richtig hell ist es auch schon nicht mehr. Das heißt, ich habe fast fünf Stunden gespielt? Heißt gleichzeitig: Ich habe meine Kinoverabredung mit den Mädels verpasst? Ich klicke meine Nachrichten an – fünf Anrufe in Abwesenheit und vier Nachrichten von Charly. Das gibt es doch gar nicht, wieso habe ich das denn nicht mitbekommen? Ich hatte doch mein Handy die ganze Zeit in der Hand! Ob das Spiel irgendwie die Anrufe und Nachrichten unterdrückt hat? Eins steht jedenfalls fest:

Wenn ich FriendsCity spiele, verliere ich jedes Gefühl für die Zeit.

»Louisa?« Meine Mutter schaut mich besorgt an.

»Alles in Ordnung, Mama. Ich wollte eigentlich mit den Mädchen in den Cinepark, aber dann war ich so müde und habe mich hier ein bisschen aufs Ohr gehauen. Hab dann wohl verschlafen und dich gar nicht kommen hören.«

»Nanu? Du legst dich tagsüber hin? Wirst du krank?«

Ich schüttle den Kopf. »Nein, die letzten Tage waren nur so aufregend. Du weißt schon, die Sache mit dem Musical und so. Wahrscheinlich habe ich mich da ein bisschen verausgabt. Aber mir geht's gut, keine Sorge!«

»Wenn du meinst ... Papa müsste auch demnächst nach Hause kommen. Was hältst du davon, wenn wir zusammen etwas essen gehen?«

Eigentlich gehe ich total gern mit meinen Eltern ins Restaurant. Italienisch, chinesisch, indisch – völlig egal, Hauptsache, essen gehen. Normalerweise. Aber bei dem Gedanken, mich für heute von meinem Handy zu verabschieden, fühle ich mich jetzt gar nicht gut. Ich würde lieber noch ein paar Szenen spielen – und wenn ich das im Restaurant mache, kriegen meine Eltern garantiert 'ne Vollkrise. Also schüttle ich den Kopf.

»Ein anderes Mal gern, aber heute bin ich irgendwie zu schlapp, um noch mal rauszugehen. Ich schmiere mir gleich ein Toastbrot, dann mache ich noch meine Hausaufgaben und gehe früh ins Bett.«

»Ich weiß nicht – irgendwie habe ich doch das Gefühl, dass du krank wirst! Sollen wir mal Fieber messen?«

»Mama! Ich bin doch kein Baby mehr. Wenn ich Fieber bekomme, merke ich das schon selbst und melde mich. Mir geht es ganz ausgezeichnet, ich bin nur ein bisschen müde!«

»Hm.« Mehr sagt meine Mutter nicht, als sie mein Zimmer verlässt. Aber als ich mir später in der Küche tatsächlich ein Toastbrot hole, kann ich hören, wie sie mit Fanny telefoniert und ihr berichtet, dass ich irgendwie komisch bin.

So ein Quatsch! Ich bin doch nicht komisch! Im Gegenteil: Seit ich nicht mehr Isi, sondern Lou bin, bin ich endlich die, die ich immer sein wollte!

Typveränderung

17. Kapitel

»Isi, ich sage es ungern, aber seit du bei dem Musical mitmachst, hast du dich irgendwie verändert.« Ein paar Tage nach unserem Gespräch am Fahrradständer will mir Theo offenbar eine Standpauke halten. Er sitzt mir in der Cafeteria gegenüber und sieht sehr schlecht gelaunt aus. »Ja, du hast dich eindeutig verändert. Und zwar echt nicht zu deinem Vorteil«, fährt er mit seiner Predigt fort. »Du bist mittlerweile schon fast genauso zickig wie Clarissa und Co. Nein«, er hält kurz inne, »genau genommen bist du sogar zickiger. Mit Clarissa habe ich mich in den letzten Tagen sogar ein oder zwei Mal fast normal unterhalten. Kann ich jetzt von dir nicht gerade sagen. Echt nicht!«

Ich lächle ihn an. »Theo, ich habe es dir doch schon oft genug gesagt.«

»Was denn?«

»Nenn mich nicht mehr Isi. Nenn mich Lou.«

»Manno!« Theo wird richtig laut und haut mit der Hand auf die Tischplatte. »Ich kann diesen Lou-Quark nicht mehr hören. Ich mag diese Lou nicht, ich will Isi zurück. Ernsthaft – du bist mittlerweile so ätzend und gemein wie Clarissa in ihren schlimmsten Zeiten.«

Ups, ich fühle mich ein bisschen ertappt – aber irgendwie auch etwas geschmeichelt. Schließlich war mein erklärtes Ziel in diesem Schuljahr, nicht mehr die harmlose Isi zu sein, sondern irgendwie … ja, irgendwie ein bisschen mehr wie Clarissa. Scheint endlich zu funktionieren – dank FriendsCity!

»Stimmt doch gar nicht!«, verteidige ich mich deshalb nur sehr matt.

»Und ob das stimmt! Wer hat sich denn vorgestern vor Lachen echt abgerollt, als Valerie mit ihrem Fuß in dem Gitter vom Lüftungsschacht vor der Sporthalle stecken geblieben ist? Noch vor wenigen Wochen hättest du ihr geholfen, anstatt das heimlich zu filmen und dann in der Klasse rumzuzeigen. Oder die Proben für das Musical – Navid sagt, die anderen haben schon regelrecht Muffe, mit dir zu proben, weil du immer sofort auf jedem rumhackst, der mal einen Viertelton danebenliegt oder den Einstieg in seinen Text nicht sofort parat hat.«

»Na und? Ist ja auch voll nervig, wenn ich die Einzige bin, die sich immer perfekt vorbereitet. Und Jo natürlich, der auch. Die anderen nehmen die Sache einfach nicht ernst genug.«

Theo schüttelt den Kopf. »Mann, du raffst gar nichts mehr. Es geht nicht um Perfektion, es geht darum, gemeinsam etwas zu schaffen. Etwas, bei dem sich alle einbringen können. Als Team, verstehst du? Wir sind schließlich nicht am Broadway, sondern an der Heinrich-Heine-Schule.«

»Wie du meinst«, erwidere ich kühl. »Ich persönlich bin der Meinung, das Stück könnte sehr viel besser sein, wenn alle meine Arbeitseinstellung hätten. Aber gut. Dann gibt es bei der Aufführung eben nur eine, die leuchtet. Und zwar mich. Davon kommt übrigens auch das Wort *Star*, lieber Theo. Von einem leuchtenden Stern. Nicht von dem bunten Vogel, der sich auch gern mal in einem Holzkasten versteckt. Ich jedenfalls werde mich garantiert nicht verstecken, denn ich bin lieber ein Stern als ein Vogel. Alle sollen mich sehen. Alle werden mich sehen. Verlass dich drauf.«

»Oh fuck!« Mit einem Ruck schiebt Theo seinen Stuhl nach hinten und springt vom Tisch auf. »Du bist richtig scheiße, LOU Winter!«

Dann stürmt er aus der Cafeteria und stößt fast mit Charly zusammen, die in diesem Moment auf unseren Tisch zugesteuert kommt. Sie setzt sich zu mir auf Theos leeren Stuhl.

»Was ist denn mit dem los?«

»Weiß auch nicht so genau«, schwindele ich. »Hat mich irgendwie voll angemacht, dass ich mich in letzter Zeit so negativ verändert hätte.«

»Was?« Charly lacht. »Im Gegenteil. Ich finde, du hast dich total gut gemacht in diesem Schuljahr! Am ersten

Schultag dachte ich, du bist ein Megaloser. Weißt du, nach der Sache mit der Drehtür, meine ich.«

Ich muss grinsen. »Ja, das war voll fail. Wäre da beinahe nicht mehr rausgekommen.«

Wir lachen beide.

»Oder dass du eigentlich immer nur mit Theo unterwegs warst. Der ja schon irgendwie ein Freak ist.«

Die Bemerkung über Theo versetzt mir einen Stich, denn er ist wirklich mein ältester und bester Freund. Ich weiß, ich müsste ihn jetzt verteidigen, müsste sagen, dass er überhaupt kein Freak, sondern ein guter Typ ist. Aber ich sage nichts, und dann ist der Moment vorbei, und Charly redet immer weiter.

»Wenn mir vor den Ferien jemand erzählt hätte, dass wir bald ein Musical aufführen, in dem DU die Hauptrolle kriegt, zusammen mit dem schärfsten Typ der Schule, und Clarissa nur so eine Minirolle bekommt und dann sogar noch ein dickes Mädchen spielen muss – echt, ich hätte es niemals geglaubt. Tja, und nun bist du langsam richtig fame!«

Ich nicke, sage aber nichts weiter dazu. Charly langt über den Tisch und klopft mir anerkennend auf die Schulter.

»Lou, ich muss wirklich sagen: Läuft bei dir! Ich bin froh, dass du jetzt meine Freundin bist!«

Bei der nächsten Probe kassiere ich wieder ein überschwängliches Lob von Herrn Gambati, und auch seine Frau ist mehr als zufrieden mit mir. Kein Wunder, längst spiele ich alle Proben vorher auf FriendsCity durch. Sicher ist sicher!

»Das sitzt ja schon sehr gut bei dir, Lou«, sagt Frau Gambati. »Jo, wenn du auch schon so weit bist, würde ich gern an euren Duetts arbeiten. Lasst uns doch mal die Szene durchspielen, nachdem Gabriella und Troy zu spät zum ersten Casting kommen und Ms Darbus sie nicht mehr singen lassen will. Wir brauchen also Valerie als Kelsi und euch beide als Gabriella und Troy. Habt ihr *What I've Been Looking for* parat?«

»Ja, klar!«, antworten Jo und ich wie aus einem Mund und grinsen uns dann an. Gerade dieses Duett haben wir in den letzten Tagen immer wieder zusammen geübt – ich ehrlicherweise nicht, um noch besser zu werden, sondern um möglichst viel Zeit mit Jo zu verbringen.

»Sehr gut!«, befindet Frau Gambati, setzt sich ans Klavier und spielt die ersten Takte.

»Wie sieht es bei dir aus, Valerie? Soll ich spielen, oder kriegst du das schon hin?«

»Ähm, ich ... ich glaube, dass schaffe ich. Geübt habe ich jedenfalls.«

»Na hoffentlich«, flüstere ich Jo ins Ohr, allerdings so laut, dass Valerie es gerade noch hören kann, »die letzten Male war Valerie ja einfach unterirdisch.« Dann lächle ich in ihre Richtung, nur um zufrieden festzustellen, dass Valerie am Klavier gleich mal um zehn Zentimeter schrumpft. Weiß gar nicht recht, warum, aber irgendwie finde ich das lustig.

Herr Gambati übernimmt den schauspielerischen Teil der Szene.

»Okay, also, Valerie steht mit ihren Noten vom Klavier auf, stolpert, die Noten fallen ihr runter. Jo hilft ihr, diese wieder aufzusammeln. Sie unterhalten sich kurz über ihre Komposition, und Kelsi-Valerie fragt Troy und Gabriella, also Jo und Lou, ob sie ihnen mal vorspielen soll, wie sie sich das Duett gedacht hat. Dann setzt sie sich ans Klavier und spielt, schon nach dem ersten Takt setzen Troy und Gabriella ein und singen das Duett, selbstverständlich wundervoll gefühlvoll. So weit klar?«

Nicken bei uns allen.

»Dann mal los!« Er klatscht in die Hände. »Und Action!«

Jo und ich gehen auf unsere Positionen, Valerie setzt sich ans Klavier, steht mit einem Ruck auf und stolpert über eines der Pedale. Im Fallen schmeißt sie sehr effektvoll mit den Notenblättern um sich, und Jo eilt sofort zu ihr, um ihr beim Aufsammeln zu helfen.

»Du bist die Komponistin?«, fragt Jo alias Troy in Valeries, also Kelsis, Richtung. »Von dir sind die Songs, die die beiden gesungen haben?«

Valerie nickt und guckt dabei wirklich so scheu und eingeschüchtert wie Kelsi, das Komponistenmädchen im Film. Schauspielerisch top, ich kaufe ihr die Rolle sofort ab. Ihren Text kann sie auch eins a, und als sie in die Tasten greift, sind die ersten Takte einfach perfekt. Trotzdem – und ich weiß echt nicht, was mich da reitet – zische ich ihr ein leises

Nun gib dir doch mal mehr Mühe! zu, als ich mich ans Klavier stelle, um meinen Part zu singen. Prompt haut Valerie richtig daneben und kommt auch nicht mehr ins Lied hinein. Knallrot im Gesicht, hört sie schließlich ganz auf.

»Okay, das musst du wohl noch ein bisschen üben«, befindet Frau Gambati. »Lass mich mal übernehmen, damit wir mit dem Duett weiterkommen.«

Valerie nickt stumm und steht auf, um Frau Gambati Platz zu machen. Die greift in die Tasten, und schon liefern Jo und ich eine Weltklasse-Vorstellung ab. Als der letzte Ton unseres Duetts verklungen ist, applaudieren alle. Alle? Nein, nicht ganz. Valerie steht wie versteinert neben dem Klavier und starrt mich nur an. In ihren Augenwinkeln glitzert es verdächtig, ich glaube fast, sie heult. Alter Falter, die ist aber schnell kleinzukriegen – das ist echt keine Kunst!

Nach uns stellen noch Navid und Maggi ihr Duett vor. Sie spielen Ryan und Sharpay, die schärfsten Konkurrenten von Troy und Gabriella. Denn wie bei einem Spiel im Spiel geht es im *High School Musical* darum, dass an der Schule ein Musical aufgeführt werden soll und bei einem Casting die Rollen vergeben werden. Dass nun ausgerechnet Navid und Maggi zusammen singen, habe ich mir bei FriendsCity ausgedacht und finde es richtig lustig, weil die beiden sich eigentlich überhaupt nicht ausstehen können. Immerhin sind Maggis Haare nicht mehr ganz so grün wie noch vor zwei Wochen, sie trägt also kein Kopftuch mehr, das Navid ihr herunterziehen könnte.

Tatsächlich hat es zwischen den beiden aber richtig gefunkt – also, im künstlerischen Sinne, meine ich natürlich –, und nun spielen sie das singende Geschwisterpaar, als hätten sie nie etwas anderes gemacht. Das ist toll! Vor allem, weil ich sehen kann, wie sehr sich Clarissa darüber ärgert. Sie hat dank FriendsCity ja nur die Minirolle des mopsigen Mädchens aus dem Hochbegabtenclub abgekriegt und muss nun ertragen, dass die anderen Mitglieder der Theater-AG um sie herum echt abliefern, während sie nur einen so kleinen Einsatz hat. Ja, das Leben kann hart sein. Vor allem, wenn man sich mit Lou Winter angelegt hat!

Die Probe ist beendet, und alle strömen aus dem Musikraum. Ich will gerade mit Maggi losgehen, da zieht mich jemand am Ärmel. Ich drehe mich um. Es ist Valerie.

»Lou, hast du mal einen Augenblick für mich?«

Ich rolle mit den Augen und bedeute Maggi mit einer Handbewegung, dass sie schon mal vorgehen soll.

»Wenn es sein muss. Was gibt's denn?«

»Ich ... äh ... ich wüsste gern ... ähm ... also, ich, ich ...«

»Ja? Nun mach schon, ich bin noch mit Rike und Charly verabredet und hab nicht ewig Zeit.«

Valerie schluckt. Dann gibt sie sich einen Ruck. »Ich verstehe nicht, warum du in letzter Zeit so gemein zu mir bist.«

»Bin ich das?«

»Ja. Und das verstehe ich nicht. Ich dachte, wir seien Freundinnen.«

Darauf sage ich erst mal nichts, sondern grinse Valerie nur breit an. Und dann, ohne dass ich groß darüber nachdenken muss, hau ich es raus: »Dachtest du? Komisch. Ich habe eigentlich gar keine uncoolen Freunde.«

Nun ist es kein verdächtiges Glitzern mehr. Nein. Valerie weint wirklich. Dicke, echte Tränen kullern ihr über die Wangen. Dann rennt sie los, an Maggi, die vor uns geht, vorbei, raus durch die nächste Tür auf den Schulhof. Maggi schaut ihr erstaunt hinterher.

»Huch, was ist denn mit der los?«

»Keine Ahnung«, behaupte ich, »vielleicht ein bisschen gefrustet, weil die Probe heute nicht gut war. Ich habe ihr geraten, mehr zu üben.«

Maggi nickt. »Ja. Sollte sie dann wohl. Aber manche Leute können einfach nicht mit Kritik umgehen.«

Ich seufze. »So sieht es aus. Und Valerie gehört anscheinend dazu.«

»Komm, nimm's dir nicht zu Herzen«, rät mir Maggi. »Mehr als einen freundschaftlichen Rat kann sie nicht von dir erwarten. So dicke seid ihr doch gar nicht, oder?«

»Nee, nee, sind wir nicht. Auf keinen Fall.«

»Siehst du! Hätte mich auch gewundert. Ein bisschen komisch ist Valerie schon.«

Komisch. Das ist genau das Wort, das mir auch gerade durch den Kopf schießt. Aber nicht wegen Valerie, sondern weil ich mich selbst gerade so komisch fühle.

Aufgeflogen!

18. Kapitel

Bevor ich heute nach Hause radle, warte ich eine Weile am Fahrradständer und halte Ausschau nach Theo. Normalerweise fahren wir donnerstags immer zusammen, weil Theo dann bei uns zu Mittag isst. Aber jetzt ist weit und breit nichts von ihm zu sehen. Sein Fahrrad ist allerdings am Ständer angeschlossen, Theo scheint also noch da zu sein. Ich überlege, ob ich ihn suchen gehe. Vielleicht ist er in der Cafeteria. Andererseits – wenn er beschlossen hat, lieber in der Schule mittagzuessen, wird das einen Grund haben. Und eigentlich kann es nur einen Grund dafür geben: Er ist immer noch sauer auf mich. Die Vorstellung, einen sehr muffeligen Theo zu überreden, doch noch mit mir nach Hause zu fahren, ist nicht besonders verlockend. Kann ich gut drauf verzichten! Also schließe ich mein Fahrrad auf und radle allein los. Der wird schon sehen, wie langweilig sein Leben ohne mich ist!

Leider ist Theo nicht der Einzige, der heute muffelig ist. Auch Fanny empfängt mich mit einem sauren Gesichtsausdruck.

»Hallo, Oma!«, begrüße ich sie deshalb betont fröhlich.

»Komm rein«, antwortet sie nur. Uah, eindeutig dicke Luft in da house! Einfach ignorieren. Vielleicht hat die schlechte Stimmung ja auch gar nichts mit mir zu tun.

»Hm, das riecht aber lecker! Spaghetti Bolognese?«, flöte ich, nachdem ich meine Jacke an die Garderobe gehängt habe. Eisiges Schweigen. Fürchte, es hat doch irgendwas mit mir zu tun! Der Tisch ist nur für zwei Leute gedeckt. Entweder, Fanny kann hellsehen, oder aber Theo hat sie angerufen und für heute Mittag abgesagt. Und, wenn ich Pech habe, sich auch gleich noch über mich ausgekotzt. Übel, richtig übel!

Kaum haben wir beide Platz genommen, legt Fanny auch schon los. Sie wartet nicht einmal, bis ich mir Nudeln aufgefüllt habe, sondern fuchtelt gleich aufgeregt mit dem Saucenlöffel vor meiner Nase herum.

»Kannst du mir mal sagen, was in letzter Zeit mit dir los ist, mein Fräulein?«

»Äh, wieso?«

»Na, das kann ich dir genau sagen: Du warst immer ein sehr nettes, liebes und hilfsbereites Mädchen. Nun scheinst du dich aber leider in eine Furie verwandelt zu haben. Und ich wüsste gern, woran das liegt.«

»In eine ... äh ... was?«

»In eine Furie! In eine sehr böse und wilde Person!«

»Äh ...« Mehr fällt mir dazu nicht ein.

»Ich war noch nicht ganz durch die Tür, da rief Theo an,

um für heute Mittag abzusagen. Erst wollte er mir das Märchen erzählen, dass er irgendwie krank ist und gleich nach Hause will. Aber weil er so seltsam klang, habe ich noch mal nachgehakt, und da ist er mit der Sprache rausgerückt. Du hast dich wohl in eine richtig blöde, arrogante Zicke verwandelt, und er will erst mal nichts mehr mit dir zu tun haben. Mir ist fast der Hörer aus der Hand gefallen, so überrascht war ich!«

»Oh«, murmle ich kleinlaut.

»Und es kommt noch schlimmer!«

Noch schlimmer, als dass mein bester Freund mir eben die Freundschaft gekündigt hat? Und es mir nicht selbst sagt, sondern meiner Oma? Das kann ich mir kaum vorstellen. Fanny kann offenbar meine Gedanken lesen und wettert weiter.

»Tja, du wunderst dich. Aber glaub es mir ruhig. Denn kurz bevor du eben gekommen bist, klingelte schon wieder das Telefon. Diesmal hatte ich Frau Maderic an der Strippe, die Mutter von deiner Freundin Valerie.«

Mir wird auf einmal warm. Sehr warm!

»Ah, ich sehe, da klingelt es bei dir!«, ruft Fanny. »Du weißt also, warum.«

Ich schüttle den Kopf. »Nö,«, schwindele ich, aber es ist zwecklos.

Fanny schmiert mir die Wahrheit natürlich sofort aufs Brot. »Verkauf mich mal nicht für dumm, Isi! Natürlich weißt du genau, warum Frau Maderic angerufen hat. Du bist mittlerweile so biestig zu Valerie, dass die schon mit Bauchschmerzen zur Schule geht. Und todtraurig ist. Sie dachte nämlich, du bist ihre Freundin. Aber heute hast du anscheinend alles darangesetzt, sie bei der Musicalprobe bloßzustellen. Und dann hast du dem Ganzen noch die Krone aufgesetzt und sie richtig fertiggemacht, als sich Valerie mit dir aussprechen wollte. Das ist Mobbing, Isi! Warum machst du das?«

Betrübt blicke ich auf meinen Teller, auf dem ein kleines Häufchen Spaghetti langsam sehr kalt wird. »Ich weiß es nicht.«

»Das glaube ich dir nicht! Du hast dich auf einmal so verändert, dafür muss es einen Grund geben.«

Schulterzucken von mir. Durchdringendes Mustern von Fanny.

»Hat es etwas mit dem Spiel auf deinem Handy zu tun, das du die ganze Zeit daddelst? Dieses FriendsCity? Kannst du dir damit Geschichten ausdenken?«

Ich zucke zusammen, als hätte mir Fanny einen Hieb versetzt. »Wie kommst du denn darauf?«

»Nun, lass mich dir etwas erzählen. Vor langer, langer Zeit ...«

Was kommt denn jetzt? Fannys Märchenstunde? Unruhig rutsche ich auf meinem Stuhl hin und her.

Fanny schüttelt tadelnd den Kopf. »Also wirklich, Louisa! Halt doch mal still. Ich möchte doch nur, dass du mir in Ruhe zuhörst. Was ist daran so schwer?«

»Erstens: Ich habe Hunger. Und vor mir steht ein Topf mit extrem leckerer Bolognesesauce. Da kann ich mich nicht gut konzentrieren. Zweitens: Ja, das war echt kacke mit Valerie. Und es tut mir auch leid. Ich fühle mich schlecht deswegen.«

Fanny lächelt. Endlich!

»Na gut. Erstens: Hau rein! Du kannst ruhig essen, während ich meine Geschichte erzähle. Zweitens: Ja, ich verstehe, dass dir die ganze Sache unangenehm ist. Aber umso wichtiger ist es, dass du in Ruhe zuhörst. Einverstanden?«

Ich nicke. »Einverstanden!«

Fanny füllt mir noch einen ordentlichen Nachschlag Spaghetti und jede Menge dampfender Sauce auf den Teller, ich raspele Parmesan darüber – und dann erzählt sie eine Geschichte, die mich schon nach wenigen Sätzen völlig in ihren Bann zieht.

»Da war dieses Mädchen, fast schon eine junge Frau. Es trug gern geblümte Röcke und Kleider – Hosen waren damals, Ende der Fünfzigerjahre, an seiner Schule gar nicht gern gesehen. Eine Brille hatte es auch und einen Pferdeschwanz. Es erinnert mich ein bisschen an dich – also, bevor du deine Brille gegen Kontaktlinsen und deine Blümchenklamotten gegen das fröhliche Schwarz eingetauscht hast.«

Fanny hält kurz inne und kichert, selbst ich muss grinsen. Okay, vielleicht habe ich es mit dem Schwarz wirklich ein bisschen übertrieben.

»Na, jedenfalls denkt sich das Mädchen leidenschaftlich

gern Geschichten aus, man könnte sagen, es lebt in einer Traumwelt. An seinem vierzehnten Geburtstag bekommt es ein Tagebuch geschenkt. Aber anstatt ein normales Tagebuch zu führen, beginnt es, seine Traumgeschichten in das neue Buch zu schreiben. Denn es fühlt sich in der Schule einsam und unbeliebt, und die Geschichten machen dem Mädchen Mut. Es stellt sich vor, dass alles ganz anders ist, dass es von seinen Mitschülerinnen beneidet und gefeiert wird und dass es die anderen Mädchen sind, die sich bei ihm beliebt machen. Genau so schreibt es das Mädchen in sein Tagebuch. Schon bald stellt das Mädchen allerdings fest, dass seine Geschichten wahr werden. Was es schreibt, passiert dann auch so in der Realität.«

Das ist genau wie bei mir! Nur dass Fanny natürlich kein Handy hatte, um ihre ausgedachten Geschichten zu speichern, sondern Papier und Stift. Was wiederum bedeuten würde, dass die Sache mit der Wirklichkeitsbeeinflussung nicht an FriendsCity liegt, sondern ... etwa an mir selbst? Kann das wirklich sein? Bei diesem Gedanken verschlucke ich mich an meinen Spaghetti und muss so husten, dass mir Fanny erst mal mit der flachen Hand auf den Rücken klopft, bevor sie weitererzählt.

»Geht's wieder?«, fragt Fanny besorgt.

Ich nicke. »Doch, doch – habe nur ein Stück Nudel in den falschen Hals bekommen! Erzähl weiter, ist echt spannend!«

Fanny lächelt, dann fährt sie mit ihrer Geschichte fort.

»Also: Erst ist das Mädchen davon völlig verschreckt, aber nach und nach beginnt es, diese Tatsache für sich zu nutzen. Es gestaltet seine Wirklichkeit um – gerade wie es ihm gefällt. Eigentlich eine super Sache. Plötzlich klappt alles in seinem Leben. Es ist nicht mehr die Außenseiterin, die keiner beachtet, sondern auf einmal bei allen beliebt und von allen bewundert. Aber die Sache hat einen ganz gewaltigen Haken: Dem Mädchen tut so viel Macht gar nicht gut. Es wird immer bösartiger, weil es sich nun alles erlauben kann. Schließlich ist es gewissermaßen die Königin der Schule. Und genau diese Bösartigkeit führt eines Tages zu einer regelrechten Katastrophe an der Schule.«

Fanny macht eine Pause und schaut mich an.

»Erzähl bitte weiter, Oma! Was ist passiert?«

Sie seufzt. »Das Mädchen denkt sich schließlich eine sehr dramatische Geschichte aus. Und leider ist sie nicht zu Ende gedacht. In der Geschichte brennt die Schule, und das Mädchen rettet heldenhaft seine Klasse. Was es nicht bedacht hat: Das Feuer ist in Wirklichkeit so heftig, dass es auf andere Gebäudeteile übergreift und die Schule nur knapp einer Katastrophe entgeht. Zwar rettet das Mädchen tatsächlich seine Klasse vor dem Feuer. Aber weil es sich in seiner ausgedachten Geschichte nur auf seine eigene Klasse konzentriert hat, gibt es für die anderen Kinder der Schule nicht automatisch ein Happy End. Letztlich kann die Feuerwehr zwar alle retten, und das Mädchen wird auch als Heldin gefeiert – aber es weiß selbst, wie verdammt knapp das war. Zwei Schülerinnen erleiden eine schwere Rauchvergiftung und ringen im Krankenhaus um ihr Leben. Es ist einfach schrecklich!«

»Oh Gott, das ist ja schlimm!«, flüstere ich.

Fanny nickt. »Ja, richtig schlimm. Du kannst mir glauben, es ist ein schreckliches Gefühl, als Heldin gefeiert zu werden, wenn man selbst weiß, dass man eigentlich schuld an der Katastrophe ist.« Sie räuspert sich. »Und so geht es auch dem Mädchen. Verzweifelt schwört es, sich nie wieder dieser dunklen Macht zu bedienen, wenn es nur den anderen Schülerinnen wieder besser geht. Der Schwur scheint zu funktionieren, die Kinder erholen sich und werden wieder ganz gesund.«

»Puh!«, rufe ich. »Voll krasse Geschichte! Und dann?«

»Wie, und dann?«

»Na, wie ging es dann weiter mit dir?«

Fanny hebt die Augenbrauen.

»Äh«, verbessere ich mich schnell. »Ich meine, wie ging es dann weiter mit dem Mädchen?«

Meine Großmutter wiehert vor Lachen. »Ist schon gut, Louisa. Natürlich war ich das Mädchen. Ich habe mich an meinen Schwur gehalten. Aber es ist mir anfangs sehr schwergefallen. Ich musste lernen, nicht mehr von meiner Gabe Gebrauch zu machen. Das war gar nicht so leicht, vor allem, wenn ich irgendein Problem hatte, war die Versuchung groß, dieses Problem mit meinen Geschichten einfach aus der Welt zu schaffen. Aber dann dachte ich an den furchtbaren Brand, ich konnte wieder den beißenden Gestank riechen und meine eigene Panik spüren, als ich merkte, dass mein Plan geradewegs ins Unglück führte. Also habe ich es nicht mehr gemacht. Ich habe irgendwann gelernt, dass ich die Gabe gar nicht brauche, um im Leben zurechtzukommen. Sondern dass es völlig reicht, so zu sein, wie ich eigentlich bin.«

Ich starre auf meine mittlerweile völlig kalten Spaghetti.

»Das ist leider nicht so leicht. Und selbst wenn ich finde, dass das reicht, sehen die anderen das nicht unbedingt so und sind auch nicht immer nett. Da ist es schon ganz cool, wenn man der Wirklichkeit ein bisschen ... ähm ... nachhelfen kann.«

»Also hast du sie auch, die Gabe?«, fragt Fanny streng.

Ich nicke. »Sieht ganz so aus. Ich dachte, es liegt an dem Spiel, das ich die ganze Zeit spiele. Also, dass FriendsCity irgendwie macht, dass die Geschichten wahr werden, die ich mir ausdenke. Aber wenn das bei dir auch schon so war, dann ... Ja, dann ist es wohl wirklich so eine Art Gabe, die ich auch habe.«

Meine Großmutter seufzt ein sehr tiefes Seufzen, das schon fast ein Stöhnen ist. »Ich hab's geahnt! Ich habe es wirklich immer geahnt. Diese Gabe würde irgendwo in unserer Familie noch mal auftauchen, und nachdem dein lieber Vater ein völlig phantasieloser Rechtsanwalt ist und du mir schon immer ähnlich warst, habe ich genau das befürchtet.«

»Was befürchtet?«

»Na, dass du meine Gabe geerbt hast. Und dass die an deinem 14. Geburtstag gewissermaßen ausbrechen würde.«

Jetzt verstehe ich es endlich! »Ach, deswegen hast du dich so über Mamas Geschenk aufgeregt! Und mich immer wieder danach gefragt!«

Am Grinsen meiner Großmutter kann ich sehen, dass ich damit den Nagel auf den Kopf getroffen habe.

»Genau. Ich habe echt gedacht, mich tritt ein Pferd, als sie damit um die Ecke kam. Deswegen habe ich mich zuerst auch so gefreut, dass du dich mit dem Tagebuch so gar nicht anfreunden konntest, sondern lieber ein Spiel mit Theos Gutschein gekauft hast. Ich konnte ja nicht ahnen, dass das aufs Gleiche rauskommt!«

Jetzt bin ich es, die grinst. »Tja, Fanny, da siehst du es – Virtual Reality ist das neue Geschichtenerzählen. Und scheint damit genauso zu funktionieren. Ist der Gabe offenbar egal, ob man die ausgedachte Geschichte in ein Buch schreibt oder auf dem Handy speichert.«

»So schaut es aus. Ich vermute mal, du hast von deiner Gabe schon reichlich Gebrauch gemacht? So jedenfalls erkläre ich mir Theos Anruf und auch den der Mutter deiner Klassenkameradin.«

Ich senke schuldbewusst den Blick.

»Mhm, als ich gemerkt habe, dass ich mit FriendsCity die Realität beeinflussen kann, habe ich mein Leben in der Schule schon ein bisschen umgestrickt. Ich wollte doch einfach nur ein bisschen beliebt sein. Und mit dem Spiel war es so einfach. Spaß gemacht hat es auch. Es war so ein tolles Gefühl. Ich spiele sogar die Hauptrolle in unserem neuen Schulmusical.«

Fanny steht von ihrem Platz auf und kommt auf meine Seite vom Tisch. Sie umarmt mich von hinten und drückt mich ganz fest.

»Louisa, du musst mir versprechen, mit dem Unsinn aufzuhören, bevor es zu spät ist.«

»Aber ...«, ich zögere ein wenig mit meiner Antwort, denn ich möchte meine Großmutter nicht enttäuschen, »ich habe eigentlich nichts Schlimmes gemacht. Und wenn ich diese Gabe habe, dann ist das doch irgendwie auch ein Talent, findest du nicht?«

Fanny schüttelt den Kopf. »Nein, es ist nicht einfach ein Talent. Wenn du musikalisch bist oder besonders sportlich, dann ist das natürlich prima, aber du kannst damit nicht den Lauf der Dinge verändern und damit andere Menschen in Schwierigkeiten bringen. Das ist mit der Gabe wirklich ganz anders. Und das macht sie so gefährlich!«

»Na ja, ich würde ja nichts machen, was andere in Schwierigkeiten bringt!«, behaupte ich standhaft. Dann denke ich kurz an die Sachen, die ich bisher schon verzapft habe. »Also, jedenfalls nicht so wirklich«, schiebe ich schnell hinterher.

»Louisa, glaube mir, die Gabe verändert dich, wenn du sie benutzt. Sie ist wie eine Droge: Wenn du nicht höllisch aufpasst, wirst du irgendwann das Gefühl haben, nicht mehr ohne sie zurechtzukommen!« Die Stimme meiner Großmutter klingt nun so eindringlich, dass ich eine Gänsehaut bekomme. Eine Droge – nein, das will ich auf keinen Fall!

Ich seufze. »Okay, vielleicht hab ich mich in letzter Zeit wirklich ein bisschen verändert. Und ja: Wahrscheinlich hängt das auch tatsächlich mit dem Spiel zusammen.«

Fanny streicht mir über die Haare. »Bitte glaube mir, Louisa, du schaffst es auch ohne die Gabe, der Mensch zu werden, der du sein willst. Bitte, versprich es mir!«

Nun bin ich es, die aufsteht und sich umdreht, damit ich meine Großmutter umarmen kann.

»Oma, mach dir keine Sorgen um mich! Ich verspreche dir, die Gabe nicht mehr zu nutzen! Ab heute bin einfach wieder die ganz normale Isi. Großes Ehrenwort!«

Nun strahlt Fanny über das ganze Gesicht. Und ich merke, wie mein Herz schneller zu schlagen beginnt. Hoffentlich kann ich dieses Versprechen auch wirklich halten! Es war schon ziemlich cool, Lou zu sein!

Fehlbesetzung

19. Kapitel

Die ganz normale Isi. Gar nicht so leicht, sich mit der wieder anzufreunden. Für mich nicht – und für meine alten Freunde ganz offensichtlich auch nicht. Seit meinem Streit mit Theo vor zwei Tagen spricht der kein Wort mehr mit mir. Valerie auch nicht. Und wer könnte es den beiden verdenken? War ja nicht gerade 'ne Glanzleistung, mein Verhalten bei der letzten Probe. Und so sitze ich jetzt Schulstunde für Schulstunde neben dem schweigenden Theo und gucke zu der ebenfalls schweigenden Valerie rüber. Ätzend, so was! Und wenn ich ehrlich bin: auch ein klitzekleines bisschen ungerecht. Schließlich muss man Freunden doch auch mal etwas verzeihen können, oder? Niemand ist vollkommen!

Ich nehme mir vor, bei der nächsten Probe das Ruder wieder rumzureißen und Valerie und Theo klarzumachen, dass ich nur einen sehr schlechten Tag hatte. Oder von mir aus auch ein paar schlechte Tage. Wobei: Wenn ich an die nächste Probe denke, wird mir jetzt schon flau im Magen. Ich habe noch keine einzige davon ohne FriendsCity überstanden, und wenn ich ehrlich bin: Ich bin mir nicht sicher, dass ich es auch ohne so gut hinbekomme. Klar, meine Stimme ist auch ohne das Spiel gut – aber zu einem tollen Auftritt gehört einfach mehr als eine tolle Stimme. Selbstbewusstsein und Ausstrahlung, zum Beispiel. Im wahren Leben ist das nicht gerade meine Stärke.

»Hey, Lieblingskollegin, du guckst so nachdenklich? Ist irgendwas passiert?«, werde ich von Jo begrüßt, der genau wie ich gerade in der Pausenhalle ankommt.

»Nö. Bin nur ein bisschen müde, da gucke ich immer so«, schwindele ich.

»Na, Hauptsache, du bist bei der Probe nachher wach! Ich hoffe, ich habe keine einschläfernde Wirkung auf Frauen!«

Er grinst, und ich merke, wie mir sehr, sehr warm wird. Und kribbelig. Also genau das Gegenteil von eingeschläfert!

»Ey, hört auf zu flirten und stellt euch endlich richtig an. Hab keine Lust, wegen euch ewig auf mein Essen zu warten!«

Theo spricht also doch noch mit mir – oder besser gesagt, er motzt.

»Oh, du sprichst wieder mit mir!«, versuche ich, ihm möglichst scherzhaft zu antworten.

Er starrt mich an. »Irrtum! Ich spreche mit euch. Und das auch nur, weil ich nicht verhungern will. Hab ansonsten nichts zu sagen. Und dir schon gar nicht.«

Zack! Das hat gesessen!

Jo schüttelt den Kopf. »Mann, was bist du denn so unfreundlich? Chill mal. Ich lass dich gern vor.«

Er zeigt mit einer schwungvollen Handbewegung Richtung Tresen, Theo macht einen großen Schritt an uns vorbei, würdigt mich keines Blickes mehr und dreht uns dann demonstrativ den Rücken zu. Großartig. Läuft bei mir!

»Sag mal, wart ihr nicht mal Best Buddies? Du und Theo?«, will Jo erstaunt von mir wissen.

»Ähm, jo, kann man so sagen.«

»Und was ist passiert?«

Ich zucke mit den Schultern. »Keine Ahnung.«

Jetzt fährt Theo pfeilschnell herum. »Keine Ahnung?! Ich kann dir sagen, was passiert ist: Die echt nette und coole Isi ist zu einer total blöden, affektierten Zicke namens Lou geworden. Und ich glaube, Jo, das liegt an dir!«

Bevor Jo darauf antworten kann, läuft Theo wütend davon. Herr Balabaiev, der ihn gerade bedienen wollte, guckt ein bisschen verdattert.

»Hey, junger Mann! Nicht so ungeduldig! Sie waren gerade an der Reihe!«

Theo dreht sich kurz zu ihm um. »Vielen Dank! Mir ist der Appetit echt vergangen!«

Ich spiele nicht FriendsCity. Ich spiele nicht FriendsCity. Ich! Spiele! Nicht! FriendsCity! ICH SPIELE NICHT FRIENDSCITY! Boah, ist das anstrengend, mich zu beherrschen, nicht einfach das Handy aus der Hosentasche zu ziehen und die nächste Probe vorher einmal durchzuspielen. Die Uhr tickt, und ich werde immer panischer. Gleich ist Mathe vorbei, und dann muss ich in den Musikraum und abliefern. Leider ist die Szene, die wir heute proben, echt schwer. Sprech- und Gesangsteile wechseln sich schnell ab, und wer seinen Einsatz verpasst, versaut die Szene auch gleich für alle anderen. Außerdem ist es eine der wenigen Szenen, in denen ich direkt mit Clarissa zusammenspiele, und die ist nicht wirklich gut auf mich zu sprechen, um nicht zu sagen, stocksauer. Okay, ich war in den letzten Wochen nicht gerade nett zu ihr, aber mal ehrlich, sie hatte es auch echt verdient. Dank FriendsCity fühlte ich mich irgendwie unbesiegbar, und das hat beim Umgang mit Clarissa sensationell geholfen. Jetzt, quasi unbewaffnet, hab ich irgendwie wieder Angst vor ihr.

Die Pausenklingel läutet – es geht los! Maggi und Rike schlendern zu mir rüber.

»Na, bereit für die Megaprobe?«, will Maggi wissen.

Ich nicke. »Klar. Bin startklar!«, behaupte ich tapfer und fühle mich sehr elend dabei.

»Ich freue mich schon richtig auf diese Szene!« Rike hüpft fröhlich auf und ab. »So langsam werde ich richtig eins mit meiner Rolle!«

»Na ja, solange du hier keinen Streber-Club gründest, geht's ja noch!« Maggi lacht. Rike spielt im Musical Taylor McKessie, die Vorsitzende des Akademischen Clubs der High School, die mit anderen Superbrains der Schule an

Matheolympiaden usw. teilnimmt. Dass sich Rike in Taylor einfühlen kann, spricht für ihre enormen schauspielerischen Fähigkeiten – ein Mathe-Ass ist sie nämlich so ganz und gar nicht. Theo würde sie sogar unterbelichtet nennen, aber das ist schon ziemlich böse.

»Hast du denn schon Currywurst-Weitwurf geübt?«, will Maggi von mir wissen. »Nicht dass du mir das Zeug an den Kopf wirfst!«

»Keine Sorge, ich habe die Szene total im Griff«, behaupte ich und gebe mir große Mühe, superselbstsicher und lässig zu wirken. Total im Griff! Hoffentlich stimmt das auch wirklich. Ich rufe mir den Ablauf noch mal ins Gedächtnis: Die Szene beginnt mit einem Chor in der Schulkantine der East High, in dem Clarissa ein kleines Solo hat. Dann kommen Rike und ich dazu, ich rutsche in einer Pfütze Milch aus, im Fallen schmeiße ich das Essenstablett hoch, und das Ganze landet auf Maggis Bluse, die daraufhin einen hysterischen Anfall bekommt. Im Film sieht das sehr lustig aus – allerdings ist das Timing echt entscheidend, ich habe mir die Szene bestimmt zehn Mal angesehen und hoffe, ich kriege das genauso hin. Oder wenigstens ansatzweise.

Im Musikraum ist es richtig voll. Kein Wunder, denn fast alle Darsteller kommen in der großen Chorszene zum Einsatz. Valerie steht mit Jo neben Frau Gambati am Klavier. Ich winke ihr zu, sie starrt mich ausdruckslos an und winkt nicht zurück. Na gut, vielleicht muss ich mich bei Valerie mal richtig entschuldigen, wenn ich verhindern will, dass sie mir bis zum Abitur die kalte Schulter zeigt. Jo hingegen formt die Lippen zu einem Hallo und lächelt mir zu – wenigstens einer, der sich freut, mich zu sehen!

Herr Gambati geht in die Mitte des Raums.

»Dann lasst uns mal loslegen. Alle drei Gruppen gehen bitte auf Position – die Academics, die Basketballer und die Skater. Wichtig: Es geht jetzt erst einmal nur um den Gesang. Die Tanzeinlagen proben wir später gruppenweise in der Turnhalle.«

»Dort werde ich dann Markierungen für euch auf den Boden kleben«, ergänzt seine Frau, »an denen ihr euch orientieren könnt und die wir später auch auf die Bühne übernehmen. Aber jetzt erst mal zur Musik: Ich spiele die ersten Takte an, mein Mann zählt runter, auf drei beginnt Felix mit seinem Song. Lasst uns versuchen, die Szene einmal durchzuspielen, an den Feinheiten können wir dann später arbeiten.«

Gesagt, getan – mit Felix starten wir in den Megagruppenauftritt. Er besingt, dass er zwar begeistert Basketball spielt, aber heimlich gern Törtchen backt. Die Basketballergruppe singt im Chor, dass das nicht sein Ernst sein könne. Als sie fertig sind, kommt der Einsatz für Clarissa. Die singt, dass sie nicht nur das Superhirn ist, sondern ein Herz für Hip-Hop hat. Und ehrlich gesagt singt sie nicht nur, sie schmettert es geradezu – wie ein echter Rockstar. Ich bin beeindruckt. Ich werde das Gefühl nicht los, dass mich Clarissa während ihres Auftritts regelrecht triumphierend ansingt. Aber vielleicht ist das auch nur Einbildung. Eins ist aber klar: Ohne FriendsCity ist Clarissa wirklich richtig gut. Hoffentlich heißt das nicht im Umkehrschluss, dass ich ohne wirklich schlecht bin!

Als Nächstes gibt Benedikt den Skater, der gern Cello spielt, dann singt Maggi als Sharpay, und das ist auch schon der Moment, in dem ich mit dem Tablett in den Raum reinschlendern soll – und zwar genau dann, wenn Maggi »Everybody quiet!« ruft. So weit, so gut, nur: Ich finde das Tablett nicht. Eben lag es doch noch auf einem der Stühle, die an der Seite des Musikraums stehen. So ein Mist! Es ist verschwunden!

Rike starrt mich an und flüstert: »Nun mach schon, wir sind dran!«

Okay, es muss also ohne Tablett gehen. Ich schlendere mit Rike auf den Chor zu, der sich sofort zu uns umdreht.

»Hey, warum starren dich alle so an?«, sage ich zu Taylor alias Rike.

»Nicht mich. Sie starren dich an!«, kommt es sofort wie aus der Pistole geschossen.

»Etwa wegen des Recalls? Es ist furchtbar, wenn mich alle so anstarren!«

Ich halte mein imaginäres Tablett fest und renne durch die anderen Jungs und Mädchen, die jetzt wieder singen. Maggi kommt mir entgegen, ich stolpere überdeutlich und versuche, das fehlende Tablett durch einen dramatischen

Luftsprung mitsamt Armgefuchtel zu ersetzen. Maggi bekommt daraufhin einen Lachflash, und Frau Gambati hört auf, Klavier zu spielen.

»Lou, was ist los? Was sollte das denn sein?«

»Ausdruckstanz!«, ruft Clarissa dazwischen, und die gesamte Crew fängt an, laut zu lachen. Ich werde rot im Gesicht.

»Ich ... ähm ... ich finde das Tablett nicht mehr. Es ist irgendwie weg.«

»Liebe Leute, so geht das nicht!« Frau Gambati klingt genervt. »Das Mindeste ist, dass ihr bei den Proben eure Sachen parat habt. Es ist wirklich nicht mehr viel Zeit bis zu unserer Aufführung, wir müssen jede Probe intensiv nutzen. Wenn dann Szenen nicht klappen, weil die Requisiten fehlen, ist das sehr ärgerlich.«

»Es tut mir leid«, murmle ich, »ich war mir ganz sicher, dass ich das Tablett da bei den Stühlen abgestellt habe. Ich weiß auch nicht, wo es auf einmal hin ist.«

Herr Gambati geht zu den Stühlen. »Hm, hier steht nichts. Das musst du dir eingebildet haben. Wahrscheinlich wolltest du es dort hinstellen, hast es aber nicht getan. Passiert mir auch häufiger mal.«

»Aber wo hast du es denn dann hingestellt?« Frau Gambati steht vom Klavier auf und geht nun auch zu den Stühlen. »Wir brauchen das Tablett in dieser Szene schließlich. Ich muss wissen, ob das Stolpern und der Wurf klappen. Die Szene ist wichtig, um zu verstehen, warum die Kunstlehrerin denkt, dass Gabriella und Troy das Musical sabotieren wollen. Wenn du Maggi nicht triffst, haben wir ein Problem.«

»Ich verstehe auch nicht, wo das Tablett auf einmal geblieben ist.« Hilflos gucke ich mich im Raum um.

Frau Gambati schüttelt den Kopf. »Na gut. Dann proben wir die Szene heute eben nur bis zu Maggis ›Everybody quiet!‹, und im Anschluss nehmen wir uns noch einmal das Duett von Troy und Gabrielle mit Kelsi am Klavier vor. Das hat ja beim letzten Mal noch nicht so gut geklappt.«

»Ich habe sehr viel geübt!«, ruft Valerie sofort. »Ich glaube, das kriege ich jetzt richtig gut hin.«

»Prima. Dann machen wir es so. Und du, Lou, denkst bei der nächsten Probe bitte an das Tablett.«

»Ja«, nuschle ich kleinlaut. Als die anderen ihre Szene wiederholen, setze ich mich auf einen der Stühle und schaue zu.

Clarissa macht ihre Sache super und wird von den Gambatis überschwänglich gelobt. Als sie fertig ist, setzt sie sich neben mich. Bevor ich zum Klavier gehe, um mit Jo und Valerie zu spielen, flüstert sie mir etwas zu.

»Ich wette, du triffst nicht einen Ton. Übrigens: Dein blödes Tablett steht hinter dem Regal neben der Tür. Hab ich da vorhin hintergeklemmt. Wie konnte ich nur vergessen, dir das zu sagen? Das tut mir total leid.«

Dann grinst sie mich böse an. So eine falsche Schlange!

»Hallo, Fräulein Winter! Geben Sie uns die Ehre?« Herr

Gambati winkt mich rüber zum Klavier, an dem Valerie schon sitzt.

Jo steht ein paar Meter daneben und wartet auf mich. Ich stelle mich neben ihn, er lächelt mir aufmunternd zu.

»Alles in Ordnung bei dir?«

»Ja, ja. Ich habe nur eben das Tablett nicht gefunden. Ansonsten alles gut.«

Was echt gelogen ist, denn mittlerweile bin ich so aufgeregt, dass mein Herz rast und meine Ohren rauschen. Außerdem fühlt sich mein Hals so eng an, als hätte ich eine schlimme Mandelentzündung.

Herr Gambati guckt sich noch mal genau an, wie wir jetzt stehen, schiebt Jo und mich noch etwas weiter weg und nickt dann zufrieden.

»Und bitte!«, ruft er, woraufhin Valerie loslegt: Sie steht vom Klavier auf, stolpert und verstreut ihre Noten, Jo und ich helfen ihr beim Einsammeln. Als ich die Notenblätter hochhebe, kann ich sehen, wie stark meine Hände zittern. Mist! Ich atme tief durch und zwinge mich, mich mit einem Lächeln neben Jo ans Klavier zu stellen. Der beginnt zu singen, mein Einsatz kommt und: KRÄCHZ! Mehr bekomme ich nicht aus meiner Kehle herausgepresst. Einfach nur ein Krächzen. Es ist, als hätte jemand meine Stimme weggesaugt, ich kann keinen einzigen Ton singen. VOLLKATASTROPHE!

Kamikaze

20. Kapitel

Was für ein Horror! Heute Nacht habe ich echt kein Auge zugekriegt, und wenn ich dann doch mal kurz eingenickt bin, hatte ich grauenhafte Albträume von den nächsten Proben. Wie gern hätte ich zum Handy gegriffen und wieder mit FriendsCity angefangen. Ich war so kurz davor. Denn wenn ich ehrlich bin, bin ich ohne dieses Spiel einfach nicht gut genug. Punkt. Und es wäre so viel einfacher mit dem Spiel. Es hat echt nicht viel gefehlt. Aber dann musste ich daran denken, dass ich es Fanny versprochen habe, und es gelassen.

Jetzt bin ich total müde und kaputt und habe tiefschwarze Ringe unter den Augen – wie ein Panda, nur nicht so süß. Ich schleppe mich nur so durch den Vormittag und fühle mich hundeelend. Aber das wäre ja nicht mal schlimm, wenn ich nur nicht so eine Panik vor den nächsten Proben hätte. Drei Proben habe ich jetzt schon versaut: Mal konnte ich urplötzlich meinen Text nicht, mal lag ich beim Singen einen Viertelton drunter oder drüber, mal habe ich jeden Einsatz geschmissen. Waren die Gambatis anfangs noch verständnisvoll und aufmunternd, sind sie mittlerweile nur noch genervt. Genau wie meine Mitdarsteller – die haben natürlich auch keinen Bock, jede Szene fünf Mal zu proben.

Rike und Maggi sind auch eindeutig wieder auf Clarissas Seite. Sie reden kaum noch mit mir, und beim letzten Mittagessen haben sie mich einfach so stehen lassen, um sich mit Clarissa an einen Tisch zu setzen. Die ist mittlerweile wieder ganz die Alte und lässt keine Gelegenheit aus, mir bei den Proben eins reinzuwürgen – natürlich immer unter dem Vorwand, mir helfen zu wollen. Sie kennt mittlerweile meinen ganzen Text und alle meine Lieder, und sobald ich nur ein bisschen zögere, springt sie sofort ein und reißt die Szene an sich. Aus purer Nächstenliebe, versteht sich. In Wirklichkeit ist das Psychoterror de luxe, es ist zum Heulen! Ob ich zu Herrn Gambati gehen und meine Rolle zurückgeben soll?

Ich wünschte, ich könnte mit einem meiner Freunde darüber reden. Also, mit einem meiner alten Freunde. Aber zwischen Theo, Valerie und mir herrscht immer noch völlige Funkstille. Dabei bin ich in letzter Zeit wirklich total nett zu den beiden. Ich versuche es zumindest. Es ist echt schwierig, nett zu einer Mauer zu sein.

Mit gesenktem Haupt und hängenden Schultern schleiche ich wieder zum Musikraum, dem Ort meiner nächsten Niederlage. Hinter mir höre ich Schritte, dann ein Lachen. Maggi, Rike und Clarissa ziehen kichernd und gackernd an mir vorbei.

»Guck mal, wie die hier schon rumschleicht!«, flüstern sie, und: »Null Starqualitäten, das sieht man doch gleich!«, »Und diese Haltung, wie ein nasses Handtuch, keine Körperspannung« und so weiter. Ich weiß, dass ich die drei jetzt eigentlich zur Rede stellen und mich wehren müsste, aber dazu fehlt mir die Kraft. Ich schleppe mich noch durch die Tür, dann sinke ich auf einen der Stühle und warte, dass die Probe beginnt. Was für ein Albtraum!

»Mann, Lou, du siehst aber ziemlich fertig aus!«

Jo setzt sich neben mich und mustert mich. Noch vor ein paar Tagen wäre mein einziger Gedanke gewesen, ob ich wohl gerade gut aussehe, ob meine Haare sitzen und meine Klamotten cool genug sind. Aber selbst dafür bin ich zu erschöpft. Ja, tatsächlich. Ich fühle mich zu mickrig, um darüber nachzudenken, ob mich Jo hübsch findet. Weil er es ja wahrscheinlich sowieso nicht tut. Wahrscheinlich ist er auch schon genervt davon, dass er gerade mit mir auf der Bühne stehen muss. Ich wünschte, ich wäre nicht hier!

»Was ist denn mit dir?«, hakt Jo nach.

Ich bleibe stumm sitzen, denn was soll ich ihm auch sagen? Das ich die Proben, in denen ich so gut war, eigentlich nur einem Videospiel verdanke? Dass das alles eine ziemlich dicke, fette Lüge war? Ich zucke also nur mit den Schultern und murmle etwas, das wie »Keine Ahnung« klingt.

Jo seufzt und steht auf. »Na gut, dann lass uns mal loslegen.«

Frau Gambati wartet, bis alle Darsteller sich versammelt haben, dann macht sie eine kleine Ansage.

»So, heute ist es so weit – wir wechseln vom Musikraum auf die Bühne in der Aula. Ich habe die bis zur Premiere für uns geblockt, wir könnten also theoretisch rund um die Uhr proben. Ich hoffe aber, das wird nicht nötig sein.«

Sie zwinkert in die Runde. Die meisten von uns lachen, ich hingegen fühle mich, als hätte mich jemand gepackt und würde mir langsam die Luft zum Atmen nehmen.

»Also«, fährt sie fort, »wir gehen jetzt gemeinsam rüber, und ihr werdet sehen, dass ich auch schon ein paar Markierungen geklebt habe. Mein Mann wird sich von jetzt an komplett auf die Textarbeit konzentrieren, und ich kümmere mich neben dem Gesang auch um eure Tanzschritte. Und keine Sorge – die Version, die wir aufführen, ist in diesem Punkt wesentlich einfacher als das, was ihr im Film gesehen habt. Ihr schafft das schon!«

Dann nickt sie uns zu und geht Richtung Aula, wir trotten hinterher. Die Aula befindet sich im ersten Stock unseres Haupthauses, direkt über der Eingangshalle, und hat tatsächlich eine richtige Bühne mit Vorhang und allem Drum und Dran. Wie oft habe ich schon davon geträumt, einmal hier zu stehen und spielen zu dürfen. Leider fühlt es sich in diesem Moment gar nicht mehr so an, als stünde mir etwas Traumhaftes bevor.

»Wir starten heute mit der Laptopszene in der Basketballumkleide und im Akademischen Club, dann kommt Lou's Solo«, gibt Herr Gambati vor.

Puh, eine gute und eine schlechte Nachricht. Gut, weil ich in der ersten Szene nicht viel mehr machen muss, als entsetzt zuzuhören, wenn mir meine Freunde aus dem Akademischen Club per heimlicher Videoübertragung aus der Umkleidekabine der Basketballer vorspielen, wie Troy, also Jo, seinen Freunden erklärt, dass ich ihm angeblich gar nichts bedeute. Dann verdrücke ich ein paar Tränchen, und das war's. Zumindest die Tränen dürften mir heute leichtfallen.

Schlecht allerdings, dass daran mein Solo anschließt. Ich kann mir überhaupt nicht vorstellen, wie ich da in meiner momentanen Verfassung heil durchkommen soll. Ich muss durch einsame Schulflure gehen, die Frau Gambati mit gelbem Tape auf dem Bühnenboden gekennzeichnet hat, und dabei ein sehr trauriges Lied singen – weil ich eben glaube, dass mich Troy doch nicht liebt.

»Bitte alle an ihren Platz«, ruft Frau Gambati und kontrolliert dann, ob ihre Markierungen passen und wie das vom Zuschauerraum betrachtet aussieht. Sie guckt, kommt wieder auf die Bühne, schiebt Einzelne von uns nach links, rechts, vorn oder hinten, geht wieder in den Zuschauerraum, wiederholt das Ganze noch zwei, drei Mal und nickt dann zufrieden.

»Merkt euch bitte eure Positionen. Das sind die Markierungen für die Klassenzimmer, die sich auch während des gesamten Stücks nicht verändern werden. Lediglich die Requisiten werden ausgetauscht. Okay?«

Zustimmendes Gemurmel. Herr Gambati stellt sich nach vorn zu seiner Frau.

»Dann wollen wir mal!«, ruft er fröhlich. »Die Basketballer fangen an. Und bitte!«

Jo, Felix und die anderen Jungs liefern eine ziemlich perfekte Basketballkram-Vorstellung ab, und Jo aka Troy erklärt seinen Freunden, dass ihm Basketball viel wichtiger ist, als mit mir, Gabriella, in einem Musical zu singen, und dass ich ihm sowieso nicht so wichtig bin. Das ist der Moment, in dem dann Bewegung in unsere Gruppe, also den Akademischen Club, kommt. Wir stehen auf der anderen Seite der Bühne, und Rike hält mir ein Laptop unter die Nase, auf dem ich sehen kann, was Troy gerade sagt. Ich sacke daraufhin völlig in mich zusammen – was mir gar nicht schwerfällt. Es fließen sogar ein paar Tränen meine Wangen herunter – dafür muss ich mir nur vorstellen, dass ich meine echten Freunde Theo und Valerie für die dummen Tussis geopfert habe.

Aus den Augenwinkeln kann ich sehen, dass beide Gambatis sehr zufrieden ausschauen, und entspanne mich etwas. Mein »Klassenraum« leert sich, Rike und Clarissa setzen sich auf die Stuhlreihe, die wir vor dem Bühnenrand aufgebaut haben. Ich aka Gabriella bleibe allein und traurig zurück. Frau Gambati setzt sich ans Klavier, und die ersten Takte von *When there was Me and You* erklingen, und ich beginne zu singen: »*It's funny when you find yourself looking from the outside* ...« Ja, es ist wirklich seltsam, wenn man sich auf einmal selbst von außen betrachtet. Mir geht es gerade genauso. Ich frage mich ja auch, wie ich in so eine Situation geraten konnte. Tapfer singe ich weiter und folge möglichst lässig den gelben Strichen. Dabei fixiere ich einen imaginären Punkt im Zuschauerraum. Das ist ein Trick, den mir Jo verraten hat. So kann man sich einerseits gut konzentrieren und andererseits möglichst nah am Publikum bleiben.

Eigentlich läuft es ganz gut, bis ich an den Stuhlreihen vorbeikomme, auf denen die Mitglieder des Akademischen Clubs sowie Sharpay und Ryan Platz genommen haben. Ich bin schon fast an ihnen vorbei, als ich über irgendetwas stolpere. Ich verliere das Gleichgewicht, kann mich nicht mehr halten – und krache voll Karacho kopfüber von der Bühne. Als ich unten auf dem Boden vor der Bühne aufschlage, wird mir schwarz vor Augen. Was dann passiert, bekomme ich nicht mehr mit. Zum Glück!

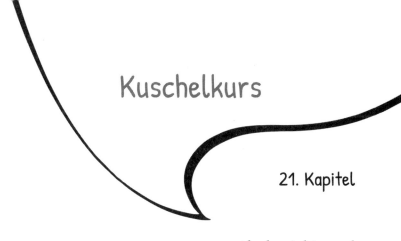

Kuschelkurs

21. Kapitel

»Ah, da wird jemand wach! Sag mal, junge Dame, willst du hier jetzt Stammgast werden? Du warst doch neulich erst zu Besuch!«

Ich schlage die Augen auf. Vor mir sitzt Herr Sönnichsen, unser Hausmeister, ich selbst liege auf der Liege in dem kleinen Raum neben dem Lehrerzimmer. Dort hat mich Fanny auch abgeholt, als ich neulich bei dem kleinen Theatereinsatz mit Clarissa ohnmächtig geworden bin.

»Was ist passiert?«, frage ich verwirrt.

»Ich würde sagen, du hast es mal mit Stage Diving probiert. Allerdings ohne Fans, die dich hätten auffangen können. Jau, und dann biste ziemlich auf den Kopf gefallen. Du hast dich kurz aufgerappelt, wirres Zeug gesprochen und bist dann wieder umgekippt. Also haben dich Herr Gambati und Johannes auf unserer Sanitätstrage hierhergetragen. Und einen Krankenwagen bestellt. Der müsste eigentlich gleich da sein.«

Oh nein! Mir wird heiß und kalt. Ich will auf keinen Fall ins Krankenhaus! Dieser Tag wird ja immer schlimmer! Was kommt wohl als Nächstes? Meine Eltern, die sagen, dass sie jetzt die Schule verklagen werden?

Die Tür wird geöffnet. Zwei Männer in sehr auffälligen rot-gelben Jacken kommen in den Raum, begleitet von Frau Gambati und Johannes.

»Mensch, Lou, was machst du denn für Sachen?«, sagt Johannes und klingt dabei sehr besorgt.

»Das war ja ein schlimmer Sturz!«, ergänzt Frau Gambati. »Hast du Schmerzen? Es tut mir so leid!«

Die beiden Männer in den Jacken stehen jetzt direkt vor meiner Liege. »Hallo, wir sind Maik Schäfer und Timo Hrubesch. Wir sind die Rettungsassistenten, die jetzt gleich mit dir ins Krankenhaus fahren. Kannst du uns sagen, wie du heißt?«

»Ins Krankenhaus?!«, rufe ich entsetzt. »Ich will nicht ins Krankenhaus. Ich bin auch gar nicht krank. Es geht mir gut!«

Mitleidige Blicke.

»Es tut uns leid, aber du bist schwer gestürzt und warst bewusstlos. Da müssen wir auf alle Fälle ins Krankenhaus und abklären, dass wirklich alles mit dir in Ordnung ist. Also, wie heißt du?«

»Louisa Winter.«

»Und kannst du uns sagen, wie alt du bist und was für ein Tag heute ist?«

»Ich bin 14, und heute ist … äh … heute, also … ich glaube …« Verdammt! Was für ein Tag ist denn heute bloß?

Es will mir tatsächlich nicht einfallen. Das gibt's doch nicht!

»Siehst du, am besten die Ärzte werfen mal einen Blick auf dich. Ist ja nur zur Vorsicht. Kannst du aufstehen? Wir haben vor der Tür eine fahrbare Trage, entweder du gehst hin, oder wir fahren damit näher an die Liege und heben dich rüber.«

»Ach, Quatsch!«, maule ich. »Natürlich kann ich aufstehen!«

Ich will mich aufsetzen und mich dabei auf meinen linken Unterarm stützen, als mir ein sehr fieser, stechender Schmerz durch die Schulter fährt.

»Autsch!«

»Was ist los?«, fragt Frau Gambati.

»Ich weiß auch nicht, aber meine Schulter tut auf einmal tierisch weh.«

»Darf ich mal?« Maik, der eine Rettungsassistent, zieht mein T-Shirt am Ausschnitt zur Seite. Vorsichtig zwar, aber trotzdem tut es sofort wieder heftig weh, und ich schnappe nach Luft.

»Hm, ich bin zwar kein Arzt, aber hier oben wird es schon ganz schön blau. Ich tippe auf Schlüsselbeinbruch. Mehr wissen wir, wenn wir eine Röntgenaufnahme haben.«

Ich stöhne. »Oh nein, das darf doch nicht wahr sein!«

»Ja, sehr schmerzhaft, aber keine Katastrophe«, meint Maik und lächelt mich aufmunternd an. »Falls es überhaupt ein Bruch ist. Gehört zu den häufigsten Frakturen überhaupt und heilt meist unkompliziert von allein, wenn man den Arm ein bisschen ruhigstellt.« Und mit einem Blick auf seinen Kollegen: »Komm, lass uns die Trage ranfahren. Besser, das Mädchen bewegt sich möglichst wenig.«

Kurz darauf stehen die beiden Sanis mit einer Liege auf Rollen neben mir. Vorsichtig wechsle ich die Liegen – schon bei dieser vorsichtigen Bewegung beiße ich mir auf die Lippen, um nicht loszuheulen. Nachdem ich es endlich geschafft habe, rollen mich Maik und Timo aus dem Raum.

Draußen vor der Tür hat sich tatsächlich eine kleine Menschentraube gebildet. Na super, das hat mir gerade noch gefehlt. Auf den ersten Blick kann ich sie alle ausmachen: Rike, Maggi, Charly und Clarissa natürlich. Besonders besorgt oder mitleidig sehen sie nicht aus, als ich an ihnen vorbeigerollt werde. Sie stecken die Köpfe zusammen und tuscheln, und ich meine, so etwas wie »Soll sich mal nicht so anstellen« und »Was für eine Show?« zu hören. Auch Navid und Felix verrenken sich die Köpfe. Nur zwei Leute sehe ich nicht: Theo und Valerie. Denen ist offenbar völlig egal, wie es mir geht. Trotz größter Anstrengung kann ich nicht verhindern, dass ich anfange zu heulen. Mein Leben als Schülerin der Heinrich-Heine-Schule hat einen neuen absoluten Tiefpunkt erreicht!

»Wie kann man denn einfach so von der Bühne fallen?« Papa kann nicht glauben, was ich ihm gerade erzählt habe.

Er sitzt neben meinem Bett im Krankenhaus und schüttelt immer wieder den Kopf.

Wenn ich könnte, würde ich jetzt mit den Schultern zucken, weil ich es ja auch nicht weiß. Aber da jede Bewegung höllisch wehtut, lasse ich es lieber.

»Ich weiß auch nicht«, antworte ich stattdessen schlicht. »Ich habe mein Lied gesungen und bin genau den Weg gegangen, den Frau Gambati auf den Boden aufgeklebt hat. Dabei habe ich in den Zuschauerraum geguckt. Und irgendwas muss dann direkt vor mir gelegen haben. Jedenfalls bin ich nicht über meine eigenen Füße gestolpert, da bin ich mir ganz sicher. Ich bin gegen etwas Festes gestoßen – und dann bin ich auch schon im hohen Bogen geflogen. An den Rest kann ich mich nicht mehr erinnern. Ich bin erst wieder aufgewacht, als ich schon im Sanitätsraum lag. So war das.«

Mama nimmt meine rechte Hand und drückt sie. »Arme Mausi! Ich hoffe, der Arzt kommt gleich und erklärt uns, was eigentlich Sache ist.«

In diesem Moment geht die Tür auf, und eine junge Frau im weißen Kittel kommt ins Zimmer.

»Hallo, Louisa, ich bin Dr. Sommer, die Stationsärztin«, stellt sie sich kurz vor und nickt meinen Eltern zur Begrüßung zu.

»Also, es ist so, wie wir schon vermutet haben: Schlüsselbeinbruch. Und zwar ein glatter, der sich auch nicht verschoben hat. Das ist zwar schmerzhaft, aber mit ein wenig

Ruhe wächst das von allein sehr gut zusammen. Ich mache dir gleich einen Verband, um den Bereich um den Bruch ruhigzustellen. Und wir behalten dich heute über Nacht hier, denn möglicherweise hast du auch eine Gehirnerschütterung. Die Sanis haben angegeben, dass du kurz bewusstlos warst?«

»Ja, das stimmt. Aber mir geht es super – also, bis auf die Schmerzen in der Schulter. Kann ich nicht doch nach Hause?«

Die Ärztin schüttelt den Kopf. »Das geht leider nicht. Es ist wirklich zu deiner Sicherheit. Wahrscheinlich kannst du morgen nach Hause, also wirklich nur ein Kurzaufenthalt. Ich hole das Verbandszeug.«

Sie nickt Mama und Papa noch einmal zu und geht aus dem Zimmer.

Mama drückt wieder meine Hand. »Pass auf, wir besorgen eine Chipkarte für dich, dann kannst du auch ein bisschen Fernsehen gucken. Und heute Abend kommen wir noch mal wieder. Sollen wir dir noch etwas Bestimmtes mitbringen?«

Ich überlege kurz. »Habt ihr meine Schultasche aus der Schule geholt? Da müsste mein Handy drin sein.«

»Nein, leider nicht«, sagt Papa. »Wir sind aus dem Büro sofort hierhergefahren, als der Anruf kam, dass du im Krankenhaus bist.«

Mist. Dann steht die Tasche wahrscheinlich noch in der Aula. Wenn sie da überhaupt noch steht und nicht schon geklaut wurde. Okay, das macht es natürlich sehr einfach, der Versuchung zu widerstehen, eine Runde FriendsCity zu spielen und diesen Scheißtag doch noch irgendwie zu retten.

»Ich werde morgen früh in die Schule fahren und deine Tasche abholen, okay? Ruh dich erst mal aus. Du bist sehr blass um die Nase!«

Tatsächlich schlafe ich ein bisschen, nachdem Mama und Papa wieder gegangen sind und die Ärztin mich verbunden hat. Der Tag war nicht nur ätzend, er war auch sehr anstrengend. Ich wache erst wieder auf, als es an meine Tür klopft. Zwei Sekunden später steht Theo vor meinem Bett. Und zwar mit einem Blumenstrauß! Er grinst verlegen, als er ihn mir unter die Nase hält.

»Hallo, Isi! Ich dachte, du freust dich vielleicht über etwas Besuch.«

Und wie ich mich freue! Am liebsten würde ich einen Luftsprung vor Freude machen, aber schon beim Aufrichten im Bett tut meine Schulter so weh, dass ich das mit dem Springen lieber lasse. Stattdessen greife ich nach Theos Hand.

»Mann, Theo, klar freue ich mich! Ich dachte, du würdest nie wieder mit mir reden!«

Sein Grinsen wird breiter. »Na, ich hab ja schon gemerkt, dass du in den letzten Tagen echt auf Kuschelkurs gegangen bist. Ich wollte dich nur noch ein bisschen schmoren lassen, weil: Strafe muss sein. Aber jetzt, wo du schon wieder einen Mega-Crash hingelegt hast, hätte ich es doch ein bisschen übertrieben gefunden, weiter einen auf hart zu machen.«

Ich lächle. »Harter Typ, schon klar. Ich bin echt froh, dass du das nicht weiter durchziehst.«

»Na ja, irgendwer muss dich schließlich vor deinen neuen falschen Freunden retten – bevor die dich weiter ins Unglück stürzen.«

»Du meinst Clarissa, Maggi und Rike? Ja, war vielleicht nicht meine beste Wahl. Aber ins Unglück habe ich mich mit meiner Blödheit schon selbst gestürzt.«

Theo grinst. »Das stimmt nur teilweise. Die drei Schnepfen haben sich auch alle Mühe gegeben.«

»Wie meinst du das?«

»Genau so, wie ich es sage: Die haben dich im wahrsten Sinne ins Unglück gestürzt. Oder hast du dich gar nicht gefragt, worüber du da eigentlich gestolpert bist?«

Ich überlege kurz. »Doch, schon. Aber vielleicht waren es am Ende auch meine eigenen Füße. Es ging alles so schnell. Und manchmal bin ich doch tatsächlich etwas ungeschickt.«

»Normalerweise würde ich dir nicht widersprechen. Aber in diesem besonderen Fall war es wohl die liebe Maggi, die ein bisschen nachgeholfen hat. Navid hat genau gesehen, dass sie mit ihrem Stuhl ein kleines Stück nach vorn gerückt ist, als du an ihr vorbeigekommen bist. Er saß schließlich neben ihr. Zwar hat er nicht nach unten geguckt, aber er könnte schwören, dass es ihr Fuß war, über den du gestolpert bist. Einfach eine ganz fiese Nummer.«

»Maggi? Aber warum sollte sie so etwas tun?«

Theo zuckt mit den Schultern. »Liebesbeweis für ihre alte Freundin Clarissa? Als es so aussah, als seist du der neue Star am Himmel der Theater-AG, warst du erst mal interessanter für sie. Aber dann ist doch dein altes Ich durchgekommen, und du warst nicht mehr zickig und eingebildet genug, um sie zu beeindrucken. Und die Proben hast du ja auch einigermaßen vermasselt. Da mussten sie und ihre dämlichen Freundinnen sich natürlich bei Clarissa einschleimen. Und womit hätten sie das besser tun können, als dich bei einer wichtigen Probe so richtig zu blamieren? Clarissa war mit Sicherheit begeistert.«

Langsam dämmert es mir, wie blöd ich bin. Also, so ein bisschen war es mir in den letzten Tagen schon klar geworden. Aber jetzt führt an der Erkenntnis überhaupt kein Weg mehr vorbei. Zeit, sich zu entschuldigen!

»Lieber Theo«, beginne ich feierlich, »es tut mir total leid, dass ich so bescheuert war. Das wollte ich dir die letzten Tage schon sagen, aber dann hab ich mich irgendwie nicht getraut.«

Theo legt die Blumen auf den kleinen Tisch unter dem Fernseher und setzt sich auf meine Bettkante.

»Jetzt klingst du wieder wie die alte Isi, die meine beste Freundin ist. Lou fand ich voll daneben. Ich habe bis heute nicht verstanden, warum du auf einmal jemand anderes sein wolltest.«

»Ich weiß es eigentlich auch nicht mehr so genau. Irgendwie wollte ich cool sein. Fame und so. Stattdessen war's wohl eher fail.«

Wir müssen beide lachen.

»Ey, ich hab schon überlegt, ob du Drogen nimmst, weil du auf einmal so krass anders drauf warst.«

Ganz falsch liegt Theo damit eigentlich nicht. FriendsCity war schon irgendwie wie eine Droge. Ich überlege, ob ich Theo davon erzählen soll – oder ob er mich dann für verrückt hält. Andererseits: Vor seinem besten Freund sollte man keine Geheimnisse haben.

»Theo, ich muss dir etwas erzählen, was wirklich crazy klingt«, beginne ich also langsam mit meiner Geschichte. »Ich hoffe, du denkst nicht gleich, dass ich reif für die Klapse bin.«

»Reifer als sonst?«

»Haha, sehr witzig. Nee, ich meine es ernst, die Geschichte ist wirklich total unglaublich. Aber sie ist wahr.«

Schließlich mache ich das, was ich die ganze Zeit schon hätte machen sollen: Ich erzähle Theo von FriendsCity. Und von meiner Gabe. Und von den ganzen Sachen, die ich damit angerichtet habe. Als ich fertig bin, schnauft Theo einmal tief durch.

»Hammerstory! Aber egal, was davon du dir nun eingebildet hast und was wirklich so passiert ist – gemeinsam kriegen wir dich schon wieder raus aus dem Schlamassel! Dafür sind Freunde da.«

Dann beugt er sich zu mir vor und nimmt mich ganz vorsichtig in den Arm.

Spitzenplan

22. Kapitel

Ich fasse mal kurz die Ereignisse der letzten 72 Stunden zusammen, damit ich hier nicht den Überblick verliere: Maggi hat mich ins Krankenhaus bugsiert, mein Schlüsselbein ist gebrochen, weswegen mein halber Oberkörper einbandagiert ist, meine Tasche samt Handy wurde tatsächlich geklaut, und – wie ich soeben von Herrn Gambati erfahre – ich bin meine Rolle als Gabriella auch los. So weit zum Negativen, es gibt aber auch Positives: Theo ist wieder mein bester Freund, Valerie hat mir verziehen und spricht wieder mit mir, und ich – wie ich ebenfalls gerade von Herrn Gambati erfahre – könnte jetzt die Martha Cox spielen. Die Rolle, die eigentlich Clarissa übernehmen sollte.

Aber der Reihe nach: Als ich nach drei Tagen wieder in die Schule gehen kann, bittet mich Herr Gambati in der Pause direkt nach der Deutschstunde, kurz im Klassenzimmer zu bleiben.

»Louisa, ich bin froh, dass neulich bei der Probe nicht mehr passiert ist«, beginnt er, und ich frage mich, worauf er hinauswill. »Du hast dich nach ein paar ... äh ... Formschwankungen auch wieder richtig nach vorn gespielt.« Er macht eine Pause, fast scheint ihm unangenehm zu sein, was er mir sagen will. »Aber ich glaube, dass du mit deiner Verletzung nicht so belastbar bist, wie das in der heißen Phase vor der Aufführung nötig wäre.«

Ich muss schlucken. »Heißt das, ich darf nicht mehr mitspielen?«

»Nein, nein, ich möchte unbedingt, dass du weiter mitmachst. Aber ich glaube, dass eine kleinere Rolle angesichts deines Zustands besser für dich wäre. Ich weiß auch nicht, ob du überhaupt schon in der Lage bist, zu singen. Falls ja, hätte ich schon einen Vorschlag, wie wir weitermachen.«

Okay, so richtig überraschend kommt das jetzt nicht. Ich hatte mich auch schon gefragt, ob ich schnell genug wieder fit bin, um die Gabriella wie geplant spielen zu können. Tatsächlich tut mir der Oberkörper beim Singen noch ein kleines bisschen weh. Also – nicht dramatisch, eher so ein deutliches Ziehen. Trotzdem muss ich wohl sehr enttäuscht aussehen, denn jetzt lächelt mich Herr Gambati aufmunternd an.

»Hey, Louisa – ich verstehe, dass du traurig bist. Aber ich kann dir versichern, dass du für mich wirklich DIE schauspielerische Entdeckung dieses Schuljahrs bist. Es wird nicht unsere letzte Produktion sein, und wenn ich meine Frau überreden kann, werden wir bestimmt auch noch mal ein Musical inszenieren. Und dann bist du auf alle

Fälle wieder für eine Hauptrolle im Gespräch. Aber diesmal glaube ich, dass es zu viel für dich wäre. Ein Bühnensturz pro Inszenierung reicht mir ehrlich gesagt.«

Ich nicke. »Verstehe ich total, Herr Gambati. Ich bin auch gar nicht so enttäuscht. Na ja, schon ein bisschen. Aber ich bin nicht sauer oder so. Und was Ihre Idee anbelangt – ich denke schon, dass ich auch mit diesem Verband singen kann. Der kommt außerdem in zehn Tagen ab, bis zur Aufführung bin ich also wieder fit.«

»Na, das sind doch super Nachrichten!«, freut sich Herr Gambati und lacht. »Dann mache ich dir folgenden Vorschlag: Da Clarissa die Rolle der Gabriella übernehmen wird, wird die Rolle der Martha frei. Wenn du möchtest, kannst du sie haben. Falls nicht, muss ich noch mal nachcasten. Es wäre eine Win-win-Situation. Clarissa kann die Rolle der Gabriella tatsächlich schon ganz gut, und ihre bisherige Rolle ist auch spannend, aber nicht so groß, als dass es zu anstrengend für dich werden würde. Wenn du denkst, dass du Marthas Einsatz hinkriegst, hast du die Rolle. Einverstanden?«

Ich überlege kurz. »Einverstanden!«

»Hervorragend! Ich hatte gehofft, dass du das sagst. Und ich habe dir auch schon den neuen Text mitgebracht.«

Er zieht ein Skript aus der Tasche, die neben seinem Lehrerpult steht, und gibt es mir. Martha Cox, Texte und Songs. Es ist deutlich dünner als mein bisheriges Skript. Ich seufze – vorsichtshalber nur innerlich, denn ich will mir meine Enttäuschung nicht anmerken lassen – und bedanke mich. Na gut, dann eben nur eine Nebenrolle!

Valerie ist sauer. Aber so richtig. Ich bin nach dem Gespräch gleich zu Valerie und Theo in die Pausenhalle und habe ihnen davon erzählt, und jetzt spuckt Valerie Gift und Galle.

»Wie bitte? Er hat dir einfach deine Rolle weggenommen und sie der saublöden Clarissa gegeben? Das ist eine Riesenschweinerei! Wir sollten sofort zu Kipp-Zeh gehen und uns beschweren! Noch dazu, wo es doch wahrscheinlich eine Freundin von Clarissa war, die dich so mies aus dem Rennen geworfen hat!«

»Ja, gut, aber was soll der denn machen?«, versuche ich, sie ein bisschen zu beruhigen. »Ich bin doch tatsächlich etwas angeschlagen, und Clarissa hat meine Rolle anscheinend schon voll drauf. Dass Herr Gambati dann umbesetzt, kann man ihm also nicht so richtig vorwerfen. Finde ich jedenfalls.«

Heftiges Kopfschütteln bei Valerie. »Das ist doch eine Verschwörung! Oder glaubst du, dass es Zufall war, dass dir Maggi ein Bein gestellt hat? Und Clarissa nun selbst völlig überrascht ist, dass sie die Hauptrolle doch noch bekommt? Im Leben nicht! Das war ein ganz abgekartetes Spiel. Maggi war gewissermaßen ihr Auftragskiller. Wahrscheinlich war das auch die ganze Zeit schon der Plan, und die hat sich nur so an dich rangewanzt, um dein Vertrauen zu gewinnen.

Ha! So wird es gewesen sein! Sag du doch auch mal was, Theo!«

Der schlägt die Hacken zusammen und salutiert. »Yes, Sir! Zu Diensten, Sir! Auf zu Kipp-Zeh und da mal richtig an der Tür gerüttelt!«

Ich muss unwillkürlich grinsen. Nicht so sehr über Theos militärische Ansage, sondern weil die ganze Situation irgendwie irre ist. Denn streng genommen war ich es ja, die mit unfairen Mitteln dafür gesorgt hat, dass Clarissa die Hauptrolle nicht bekommen hat. Wenn ich sie mit Friends-City beim Casting nicht so schlecht hätte aussehen lassen – wer weiß, wie es dann gelaufen wäre. Aber das kann ich Valerie schlecht erzählen. Auch wenn ich sie wirklich gern mag – so dicke wie mit Theo bin ich mit ihr noch nicht, und ich weiß nicht, ob sie mich nicht für völlig gaga halten würde, wenn ich jetzt damit um die Ecke käme. Also murmle ich nur so etwas wie: »Ja, voll gemein, aber da kann man nichts machen«, und hoffe, dass sie von der Idee mit Kipp-Zeh wieder runterkommt. Ich glaube nämlich, dass das gar nicht gut bei dem ankommen würde. Abgesehen davon kann ich nicht beweisen, dass mich Maggi von der Bühne katapultiert hat. Ich selbst habe es nicht gesehen, und Navid ist nun gar nicht der Typ, der wegen so was zum Schulleiter rennt.

Valerie seufzt und schüttelt den Kopf. »Echt jetzt! Du musst mal mehr kämpfen!«

»Fällt mir mit dem Ding hier gerade ein bisschen schwer«,

sage ich und deute mit der linken Hand auf den Verband um meine rechte Seite.

»Das meine ich doch nicht wörtlich. Also nicht, dass du Clarissa eine reinsemmeln sollst. Ach, du weißt doch, was ich sagen will!«

»Klar. Und ich finde es auch echt lieb, dass du so hinter mir stehst. Aber im Moment wäre ich schon ganz froh, wenn ich die Rolle von Martha Cox wirklich gut hinkriegen würde. Da bin ich mir auch noch nicht so ganz sicher.«

»Zur Lösung dieses Problems habe ich allerdings den Eins-a-Super-Spitzenplan«, sagt Theo.

»Ja?«

»Allerdings. Kann gar nicht schiefgehen.«

»Nun mach's nicht so spannend!«, schimpft Valerie.

»Üben!« Mehr sagt Theo nicht.

Ich schaue ihn erstaunt an. »Wie bitte?«

»Ganz einfach: Üben. Wir werden zusammen üben.«

»Ach so. Das ist aber nur so ein mittelsensationeller Plan. Dass ich üben muss, ist mir schon klar. Ich habe trotzdem Angst, es zu vermasseln. Ich glaube, ohne Friends ... äh, ich meine, ohne meine Freunde kriege ich das nicht hin.«

Ups. Jetzt hätte ich mich fast verplappert, zum Glück habe ich ja gerade noch mal so die Kurve bekommen. Ich hoffe, Valerie hat nichts gemerkt. Aber bevor sie noch darüber nachdenken kann, redet Theo einfach weiter und bügelt die Situation glatt.

»Genau. Friends, Freunde, Amigos sind das Wichtigste.

Ich helfe dir. Was sagt Oma Fanny immer: Übung macht den Meister. Und wenn wir ab heute deine Martha-Cox-Szene zwanzig Mal am Tag durchkauen – egal! Mach ich gern mit dir. Du wirst die beste Martha Cox sein, die jemals im *High School Musical* aufgetreten ist. Niemand wird sich nach der Aufführung noch für Clarissa interessieren, stattdessen werden alle wissen wollen, wer denn die sensationelle Darbietung von Martha Cox abgeliefert hat. Wahrscheinlich wird am gleichen Abend noch Steven Spielberg aus Hollywood für dich anrufen. Kannst dich auf mich verlassen. Ehrenwort!«

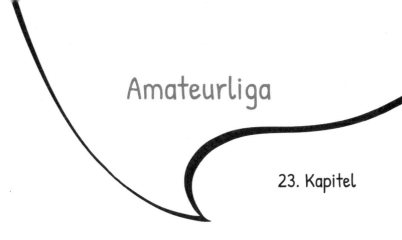

Amateurliga

23. Kapitel

Fanny ist begeistert, dass ich Theo zum Mittagessen mitbringe. Sie freut sich, dass wir uns wieder vertragen haben. Martha-Cox-Bootcamp geht auf keinen Fall mit leerem Magen!

Während Fanny Theo Kartoffeln auf seinen Teller schaufelt, redet sie ununterbrochen auf ihn ein.

»So, Theo, dann erzähl doch mal. Wie ist es dir in letzter Zeit denn so in der Schule ergangen? Alles in Ordnung? Und deiner Mutter, wie geht es der?«

Ich muss kichern. »Oma, du tust ja geradezu so, als hättest du Theo fünf Jahre nicht mehr gesehen. Ich glaube, es waren eher zwei Wochen. Höchstens!«

»Ja? Komisch, ich hätte schwören können, dass es viel länger war«, wundert sich Fanny. »Na egal, mich interessiert trotzdem, wie es deiner Mutter geht.«

»Alles bestens, Frau Winter. Sie freut sich schon auf unser Musical. Wird eine Riesennummer, versprochen.«

Fanny strahlt. »Oh, prima! Da freue ich mich auch drauf. Wobei – kannst du überhaupt noch mitspielen, Isi?«

»Ja, Herr Gambati hat mir eine kleinere Rolle gegeben. Ist zwar traurig, weil ich so gern die Hauptrolle gespielt hätte – aber besser als gar nichts. Theo und ich fahren nach dem Essen noch mal in die Schule und üben zusammen, damit ich bei der nächsten Probe halbwegs klarkomme. Oh, und wo wir gerade bei klarkommen sind – ist eigentlich meine neue SIM-Karte schon angekommen? So ganz ohne Handy ist es doch ziemlich ätzend. Ich fühle mich so abgeschnitten von der Welt. Mama hat noch ein ganz altes Telefon für mich ausgegraben, aber ohne SIM nützt mir das auch nichts.«

Fanny schüttelt bedauernd den Kopf. »Leider nein! Aber sie kommt bestimmt bald. Bis dahin musst du noch ein bisschen durchhalten. Also, als ich in deinem Alter war ...«

»... gab es noch gar keine Handys und nur ein Telefon im ganzen Haus, mit dem du auch nie telefonieren durftest, und so weiter, und so weiter«, kürze ich ihren zu erwartenden Vortrag ab. »Ich weiß, aber wir leben auch nicht mehr im letzten Jahrhundert, Fanny. Und vor fünfhundert Jahren gab's auch noch keinen Strom, aber ohne wäre es heute auch kacke.«

»Nicht so frech, Fräulein Winter«, schimpft Fanny, aber man kann ihrer Stimme anhören, dass sie nicht wirklich sauer ist. Eigentlich ist sie wirklich eine sehr coole Oma, die genau weiß, wie wichtig Handy & Co. heute sind.

Klar werde ich es noch ein paar Tage ohne überleben, aber doof ist es schon. Zumal ich momentan auch nicht richtig schreiben kann. Notizzettel oder Briefchen sind also keine Alternative. Let's face it: Die nächsten zehn Tage werden kommunikationstechnisch einfach eine absolute Nullnummer!

Zurück in der Schule, verziehen wir uns sofort in die Aula. Beziehungsweise: wollen wir uns sofort in die Aula verziehen. Das geht aber nicht, weil die Bühne dort leider schon belegt ist – von Clarissa und Jo! Ich merke, wie mir der Anblick der beiden einen schlimmen Stich versetzt. Und das liegt garantiert nicht an meinem Schlüsselbeinbruch!

»Was wollt ihr beiden Amateurschauspieler denn hier?«, macht uns Clarissa gleich gewohnt freundlich an. Jo verzieht das Gesicht. Weil ihm unangenehm ist, dass Clarissa so rumzickt? Oder weil er das Gleiche denkt wie sie? Schwer zu sagen. Und fragen kann ich ihn schlecht. Der Einzige, den Clarissas Gezicke wie immer kaltlässt, ist Theo. Kein Wunder: Weder mag er Clarissa, noch ist er ein großer Fan von Jo.

»Tja«, antwortet er also bestens gelaunt, »was meint ihr beiden denn wohl, was wir hier wollen? Im Bühnenraum der Aula? Eine kleine Laubsägearbeit vorbereiten? Über den Sinn des Lebens nachdenken? Oder eine Runde Hallenhalma spielen?«

»Du gehst mir dermaßen auf die Nerven, Zacharias!«, giftet Clarissa.

»Ich heiße Zacharakis, so viel Zeit muss sein.«

»Von mir aus! Bleibt immer noch die Frage, was ihr hier wollt?«

»Mann, Mann, Mann – du bist ja noch lamer, als ich dachte. Sozusagen superlame. Also: Es kommt überraschend, aber wir wollen das Gleiche wie ihr: noch mal eine Runde vor der nächsten Probe üben. Wie du ja sicherlich weißt, verdankst du den Rollentausch deiner lieben Freundin Maggi, die Isi ein Bein gestellt hat. Du kannst von Glück sagen, dass Navid euch nicht verpfiffen hat. Sonst hättest du jetzt gar keine Rolle mehr und deine ganze Truppe einen Verweis. Kann mir sogar vorstellen, dass sich die Bullen für euch interessiert hätten, schließlich ist Isi sogar im Krankenhaus gelandet.«

»Äh, Moment mal«, mischt sich jetzt Johannes ein, »willst du damit sagen, dass Lou gar nicht über ihre eigenen Füße gestolpert ist?«

»Sie heißt Isi«, korrigiert ihn Theo sofort.

»Isi, Lou, Louisa, ist doch egal. Ich will nur wissen, ob sie gestolpert ist oder nicht?«

»Ist sie nicht. Maggi hat ihren Fuß ausgestreckt, als Isi da langkam. Und zwar absichtlich. Navid saß neben ihr und hat's genau gesehen. Aber Navid ist niemand, der andere bei den Lehrern verpfeift. Der kann schweigen wie ein Grab. War eine echte Scheißaktion.«

»So ein Quatsch!« Clarissa hat hektische rote Flecken im Gesicht. »Warum sollte Maggi so was denn tun? Was hätte sie davon?«

»Tja, was hat sie davon? Sie hätte wieder einen gut bei dir, würde ich mal sagen. Denn du hast ja ganz eindeutig von Isis Unfall profitiert.«

»Pah!«, schnaubt Clarissa. »Als ob wir so etwas nötig hätten. Völlig unter unserem Niveau!«

Jo legt den Kopf schief und blickt zwischen mir und Clarissa hin und her.

»Na ja, genau genommen habe ich Isi beziehungsweise Lou das erste Mal so richtig kennengelernt, als sie vor mir auf der Nase lag. Und irgendwie hatte ich damals schon das Gefühl, dass sie sich da nicht von allein hingelegt hat.«

»Hab ich auch nicht!«, rufe ich. »Und es ist Isi. Nicht Lou. Ihr könnt von Glück sagen, dass ich niemand bin, der andere beim Schulleiter anschwärzt. Sonst würde ich mir jetzt Navid schnappen und ihn so lange bearbeiten, bis er mit mir zu Kipp-Zeh geht. Und dann würdet ihr aber richtig Ärger bekommen, da kannste mal von ausgehen! Also schön den Ball flach halten, Clarissa.«

Jo schaut mich erstaunt an. So energisch kennt der mich natürlich gar nicht. Theo gibt mir ein Daumen-hoch-Zeichen, für seinen Geschmack könnte ich wahrscheinlich gern noch deutlicher werden. Aber das lasse ich. Ich will hier vor Johannes auch nicht total ausflippen.

»Ganz ehrlich – die ist doch total durchgeknallt!«, schimpft Clarissa. »Allein, dass die schon nicht mehr weiß, ob sie Lou oder Isi heißt. Demnächst nenne ich sie Gerlinde!«

Jo lacht. »Hey, reg dich doch nicht auf, Clarissa. Warum sagen wir ihnen nicht einfach Bescheid, wenn wir hier fertig sind, und alles ist gut.«

»Wie du meinst«, antwortet sie ihm schnippisch.

»Komm, Isi, wir trinken noch 'ne Cola in der Cafeteria, ewig werden die beiden Künstler hier ja nicht brauchen.«

Jo nickt. »Nee, werden wir auch nicht. Wir wollen uns nur kurz aufeinander abstimmen, weil wir als Troy und Gabriella noch nicht so häufig zusammen geprobt haben. Aber Clarissa ist ein echter Vollprofi, die kriegt das ganz schnell hin. Unser erstes Duett war schon sehr vielversprechend.«

Er lächelt sie an. Bewundernd, wie ich finde. Sie grinst zurück wie ein Honigkuchenpferd. Ein scheußlicher Anblick!

»Komm, lass uns gehen«, murmle ich und ziehe dann an Theos Ärmel, damit wir möglichst schnell hier verschwinden können. Das muss ich mir nicht länger antun!

»Jetzt konzentriere dich doch mal, Isi!« Langsam wird Theo sauer. »Du verpasst jedes Mal deinen Einsatz. Es ist echt nicht mehr viel Text, den du dir merken musst. Aber er muss schon an der richtigen Stelle kommen, sonst nützt das alles nichts!«

Erschöpft lehne ich mich gegen das Klavier, auf dem Theo seit einer halben Stunde immer wieder meinen Song spielt und ich immer wieder meinen Einsatz verhaue. Wir hätten uns vorhin überhaupt nicht so mit Clarissa und Jo anlegen müssen. Das wird sowieso nichts bei mir!

»Es tut mir leid, aber ich bin irgendwie so schlapp. Und außerdem tut meine Schulter wieder so doll weh«, erkläre ich Theo. »Ich glaube, ich schaffe es nicht. Ich sollte zu Herrn Gambati gehen, mich für das nette Angebot bedanken und die Rolle zurückgeben. Jetzt hat er vielleicht noch die Chance, sie neu zu besetzen.«

»Alter, so ein Schwachsinn!« Theo schüttelt den Kopf. »Natürlich schaffst du das! Es muss heute noch gar nicht perfekt sein, ich will doch nur, dass du dich schon ein bisschen mit der Rolle vertraut machst. Du kann Clarissa und ihren Schnepfen doch nicht kampflos das Feld überlassen.«

Wenn ich könnte, würde ich jetzt mit den Schultern zucken. So lege ich nur den Kopf schief und schaue Theo möglichst gequält an.

»Du weißt überhaupt nicht, wie ätzend ich mich fühle. Als ob jemand mit einer Dampfwalze über mich drübergefahren wäre. Echt!«

Jetzt lächelt Theo mitfühlend, steht vom Klavier auf und legt seine Hand auf meine Schulter. Leider auf die falsche Seite – ein stechender Schmerz fährt mir durch den Oberkörper. Aua!

»Oh, tut mir leid! Das wollte ich nicht! Ich wollte dich nur aufmuntern.«

»Weiß ich doch. Aber momentan habe ich das Gefühl,

Aufgeben wäre am besten. Und am einfachsten. Ich weiß gar nicht mehr so genau, warum ich unbedingt in diesem Musical mitspielen wollte.«

Theo guckt nachdenklich.

»Hm, vielleicht sollten wir für heute einfach Schluss machen. Ich will dir schließlich helfen, nicht dich quälen. Ich wette, wenn du keine Schmerzen mehr hast, kommt die Lust auf die Schauspielerei auch wieder zurück. Es sei denn ...«

Er macht eine Pause und grinst.

»Es sei denn was?«, hake ich nach.

»Na, es sei denn, es war nicht so sehr die Lust an der Schauspielerei, die dich zum Casting gebracht hat, sondern der Wunsch, einen gewissen Typ öfter zu sehen.«

»Hä? Wieso sollte ich denn Gambati öfter sehen wollen?«, stelle ich mich jetzt extra blöd. »Den sehe ich doch fast jeden Tag. Ist doch unser Klassenlehrer.«

»Sehr lustig, Isi. Du weißt genau, was ich meine. Oder besser: wen. Wenn ich sehe, wie du diesen doofen Johannes immer anhimmelst, werde ich direkt ein bisschen eifersüchtig. Du weißt doch: Du sollst keine anderen Götter neben mir haben.«

Diesmal bin ich es, die grinsen muss.

»Nee, nee, da liegste echt falsch. Ich schwöre hiermit feierlich, dass ich mich nicht nur beim Casting angemeldet habe, damit ich mit Jo ein Liebespaar spielen darf.«

»Na, dann ist ja gut. Dann sollten wir weiterproben, wenn es dir wieder besser geht.«

Ich nicke sehr entschlossen. Und finde, dass ich jetzt gerade wirklich nur ein ganz kleines bisschen gelogen habe. Ein klitzekleines bisschen!

Schokolaaade!

24. Kapitel

»Du siehst wirklich nicht gut aus!« Fanny klingt besorgt. Meine Eltern sind bis zum Wochenende unterwegs, und solange wohnt meine Großmutter bei uns. Seit dem Zusammenstoß mit Jo und Clarissa in der Aula haben Theo und ich nur noch geübt, wenn wir sicher sein konnten, nicht auf die beiden zu treffen. Das war gestern und heute so, aber ich merke, dass ich einfach noch nicht richtig fit bin und schon nach zwei Extraproben total kaputt bin.

»Ich bin nur ein bisschen müde«, seufze ich. »Ich habe in den letzten Tagen versucht, zwischen den eigentlichen Proben noch etwas mit Theo zu üben. Aber ich brauche so viele Pausen, sonst tut mir die Schulter weh, und dann kann ich nicht mehr singen. Vielleicht hätte ich Herrn Gambati doch sagen sollen, dass ich nicht mehr mitmachen kann. Aber nun sind es nur noch ein paar Tage bis zur Aufführung, und da muss ich es wohl einfach durchziehen.«

»Mein armes Mäuschen, das klingt ja gar nicht gut! Aber guck mal, morgen kommt der Verband doch schon ab, dann geht es bestimmt besser, weil du dich dann wieder normal bewegen kannst.«

Ich gucke sie zweifelnd an. »Wenn du meinst.«

»Bestimmt!«

Während wir gemeinsam die Lasagne essen, stelle ich Fanny die Frage, die mich schon die ganze Zeit beschäftigt. »Sag mal, hast du deine Gabe wirklich nie wieder eingesetzt? Nie, nie wieder? Auch nicht zu einem guten Zweck? Also, ohne jemandem zu schaden?«

Fanny schaut mich an und scheint zu überlegen, was sie mir antworten soll. Dann lächelt sie.

»In absoluten Ausnahmefällen habe ich es tatsächlich noch ab und zu getan. Aber wirklich nur dann. Denn die Gabe ist wie eine Droge. Die Gefahr, dauerhaft davon abhängig zu werden, ist riesengroß. Du musst dich also fragen, ob es das wert ist.«

Ich nicke. Fanny hat ja recht. Schade ist es trotzdem. Ich hatte gehofft, von ihr irgendwie den Segen dafür zu bekommen, ausnahmsweise ... also nur dieses eine Mal ... Ich habe zwar immer noch kein Handy, aber vielleicht würde es bei mir auch klappen, wenn ich die Geschichte in ein Buch schreiben würde?

Meine Oma scheint über irgendetwas nachzudenken. Sie räuspert sich. »Also gut, Isi. In Ausnahmefällen kann man die Gabe tatsächlich einsetzen. Ich werde dir helfen. Weil dir die Aufführung so viel bedeutet. Und weil du mir versprochen hast, es selbst nicht mehr zu versuchen. Du wirst also morgen keine Schmerzen mehr haben, wenn du den Verband los bist. Und du wirst ganz wunderbar durch deine Probe kommen. Das verspreche ich dir.«

Sie holt ihre Handtasche aus dem Flur und zieht ein braunes Buch mit hübschen Goldornamenten am Rand hervor.

»Hier. Das ist mein Geschichtenbuch. Ich brauche es kaum noch, aber heute Abend werde ich mich hinsetzen und nach langer Zeit mal wieder eine Geschichte hineinschreiben.«

Ich springe vom Tisch auf und falle meiner Großmutter um den Hals. »Danke, Fanny, du bist wirklich die Beste! Ich weiß das echt zu schätzen! Vielen, vielen Dank!«

»Schon gut, ist ja wirklich eine Ausnahmesituation. Aber dann musst du mir jetzt auch einen Gefallen tun.«

»Ja?«

»So, jetzt geh mal ins Bett. Wir müssen morgen früh raus.«

Stimmt. Wir haben um sieben Uhr den Termin in der Ambulanz des Krankenhauses, also noch vor der Schule. Nicht wirklich meine Uhrzeit, aber wenn Fanny ihr Versprechen wahr macht, werde ich danach endlich wieder fitter sein.

Als mein Wecker um sechs Uhr klingelt, fühle ich mich allerdings erst mal deutlich unfitter. Wie ich es hasse, mitten in der Nacht aufzustehen! Müde schäle ich mich aus dem Bett und schleppe mich ins Badezimmer. Dort putze ich mir lustlos die Zähne und stelle fest, dass ich wohl sehr viel Make-up brauchen werde, um mein Gesicht bühnentauglich zu machen. Jedenfalls, wenn sich an meinem Zustand in den nächsten vier Tagen nichts ändert.

Bevor sich meine Laune noch weiter verschlechtert, lockt mich ein verführerischer Geruch aus dem Badezimmer Richtung Küche. Es riecht nach ... warmer Schokolade! Also, nicht im Sinne von Kakao, nein, es riecht wirklich, als hätte jemand warme Vollmilchschokolade auf den Frühstückstisch gestellt. Hm, lecker!

Ich stecke den Kopf durch die Küchentür. Fanny begrüßt mich fröhlich.

»Guten Morgen, mein Schatz! Hast du gut geschlafen?«

»Was riecht denn hier so toll?«, will ich wissen, ohne ihre Frage zu beantworten.

»Ich dachte, ich muss dich mal ein bisschen aufmuntern, und habe Petits Pains au Chocolat gebacken – kleine französische Blätterteigbrötchen, mit Schokolade gefüllt. Schmecken einfach köstlich!«

Kaum stehe ich ganz in der Küche, umgibt mich eine warme Schokoladenduftwolke, und meine Laune verbessert sich schlagartig um mindestens fünftausend Prozent. Omas wissen einfach, wie man andere glücklich macht! Gebannt sehe ich dabei zu, wie meine die Schokoladenbrötchen aus dem Ofen holt.

»So, nun setz dich mal, Isi, es geht gleich los.«

Ich setze mich an den Küchentisch, und Fanny stellt mir

den Korb mitsamt seinem dampfenden Inhalt vor die Nase. Hmmmm, lecker! Ich angle mir ein Petit Pain au Chocolat aus dem Korb – es ist noch so heiß, dass ich es gleich auf meinen Teller fallen lasse.

»Nach dem Krankenhaus bringe ich dich gleich zur Schule«, erklärt Fanny. »Ich bin mir ziemlich sicher, dass es dir dann schon wieder viel besser geht. Ich habe gestern Abend noch die Geschichte aufgeschrieben, und da ist es genau so passiert. Sollte also gar kein Problem sein. Und ich hätte übrigens noch einen kleinen Tipp: Vielleicht solltest du dich kleidungstechnisch mal von der Farbe Schwarz verabschieden – das könnte unter Umständen auch die Stimmung heben.«

Ich schaue an mir herunter. Tatsächlich ist das Einzige, was noch von Louisa 2.0 übrig geblieben ist, ein Stapel schwarzer T-Shirts und Hosen in meinem Kleiderschrank. Halt, stopp, das stimmt nicht ganz: Außerdem trage ich jetzt Kontaktlinsen, und die meisten Leute an meiner Schule wissen nicht mehr, ob sie mich Lou oder Isi nennen sollen. Ein grandioser Erfolg, das neue Schuljahr! Ich seufze tief.

»Tut es immer noch so weh?«, wundert sich Fanny.

Ich schüttle den Kopf. »Nee, nee, ich muss nur gerade darüber nachdenken, dass das Schuljahr bisher überhaupt nicht so gelaufen ist, wie ich es mir gewünscht habe. Also, rein gar nicht! Clarissa, Maggi, Charly und Rike sind wieder voll fies zu mir, und ich habe das Gefühl, ich komme nicht dagegen an. Dabei hatte ich doch so einen Megaplan. Wieso klappt der einfach nicht?«

Fanny guckt mich nachdenklich an. »Vielleicht machst du einfach zu viele Pläne. Ein weiser Mann und Held meiner Jugend hat mal gesagt: ›Leben ist das, was passiert, während du eifrig dabei bist, andere Pläne zu machen.‹ Und ich kann dir nach über 70 Jahren Lebenserfahrung sagen: Der Mann hatte vollkommen recht! Das gilt insbesondere, wenn man versucht, jemand zu sein, der man nicht ist.«

Schokobrötchen hin, Schokobrötchen her – das ist überhaupt nichts, was ich morgens um kurz nach sechs hören will! Also halte ich dagegen.

»Aber mein Plan war so gut! Und was ist falsch daran, sich verändern zu wollen? Seit der Grundschule war ich immer die liebe Isi in den Blümchenkleidern. Mit anderen Worten: ein echter Lauch. Glaube ich jedenfalls. Und jetzt wollte ich endlich angesagt und richtig fame werden.«

Am Blick meiner Großmutter sehe ich, dass sie noch nicht so ganz verstanden hat, was ich damit meine. Ich schiebe eine kurze Erklärung hinterher.

»Bekannt, beliebt und bewundert, meine ich. Ich wollte, dass man mich an meiner Schule kennt.« Noch während ich das ausspreche, fange ich an zu kichern. »Wobei, das mit dem Bekanntwerden hat ja geklappt. Schließlich bin ich das Mädchen, das bei der Hauptprobe von der Bühne gekracht ist. Ich denke mal, die meisten Leuten an meiner Schule kennen jetzt meinen Namen!«

Jetzt müssen wir beide lachen. Irgendwie ist es ja doch auch lustig, was aus meinem scheinbar perfekten Plan geworden ist.

»Schön, dass du deinen Humor nicht verloren hast«, sagt Fanny, nachdem sie sich wieder beruhigt hat, und wischt sich eine Lachträne aus den Augenwinkeln. »Das ist überhaupt das Wichtigste: fröhlich bleiben und immer auch daran denken, was alles Gutes im Leben passiert. Und da gab's bestimmt auch das ein oder andere in diesem Schuljahr, oder nicht?«

Ich überlege kurz. Okay, ich hätte nie gedacht, dass ich sofort festes Mitglied der Theater-AG werde und Herr Gambati mir sagt, dass ich eine Entdeckung sei. Und ... natürlich: Jo! Er weiß jetzt auch, wer ich bin, und er redet sogar mit mir. So gesehen hat Fanny recht. Das Schuljahr ist immerhin keine Vollkatastrophe. Nur, dass jetzt die bescheuerte Clarissa an seiner Seite die Gabriella spielt – das ist natürlich ein herber Rückschlag!

Fanny schaut auf die Uhr. »Ui, Viertel vor! Wir müssen los! Du wirst sehen – ohne Verband fühlst du dich gleich wie ein neuer Mensch. Oder besser gesagt: wieder ganz wie die alte Isi!«

Hau rein, Kapelle!

25. Kapitel

Fanny hat es tatsächlich hinbekommen: Als ich das Krankenhaus wieder verlasse, habe ich überhaupt keine Schmerzen mehr. Die junge Ärztin, die mir neulich den Verband angelegt hat, hat ihn auch wieder abgenommen und mir Übungen gezeigt, mit denen ich mein Schultergelenk jetzt bewegen soll – oder mobilisieren, wie sie es nannte. Der Knaller ist: Es tat sofort kein Stück mehr weh. Unglaublich! Eine Wunderheilung! Fannys Gabe ist echt der Hit!

Ich bin blendend gelaunt, weil ich mir sicher bin, dass ich sehr gut durch die Generalprobe kommen werde und auch am Samstag bei der Premiere alles gut gehen wird. Dann werde ich meine kleine, aber feine Rolle hoffentlich fehlerfrei über die Bühne bringen. Im allerwahrsten Sinne des Wortes!

Ich hüpfe also fröhlich pfeifend und noch einigermaßen pünktlich Richtung Klassenzimmer – nur um kurz davor gegen eine Wand zu laufen. Eine Wand, bestehend aus Maggi, Charly, Rike und – natürlich – Clarissa.

»Hey, Winter!«, schnauzt mich Maggi an. Dafür, dass sie neulich noch ganz dringend mit mir ins Kino gehen wollte, klingt sie jetzt echt unfreundlich. »Damit mal eins klar ist: Ich habe dir kein Bein gestellt oder dich sonst wie von der Bühne geschubst. Hör auf, so eine Kacke rumzuerzählen. Und sag das auch deinem Loserfreund Theo. Ist das klar?«

Unter normalen Umständen hätte ich jetzt den Kopf eingezogen und mich ganz schnell vom Acker gemacht, aber die zwei Schokobrötchen, die ich intus habe, in Kombi mit Fannys Geschichte, die sie sich für mich ausgedacht hat, verleihen mir Superkräfte. Jedenfalls für Isi-Winter-Verhältnisse.

»Pass auf, Maggi, du kannst froh sein, dass ich keine Petze bin und nicht schon längst bei Kipp-Zeh war. Dann wäre nämlich die Kacke, von der du gerade geredet hast, richtig am Dampfen. Also lass mich und Theo in Ruhe und konzentriere dich lieber auf deine Rolle heute Nachmittag. Sonst siehst du nämlich neben Navid ziemlich scheiße aus. Und das wollen wir doch alle nicht, oder?«

Bevor Maggi etwas dazu sagen kann, lasse ich sie einfach stehen. Bäääm, der habe ich es aber richtig gegeben! Beziehungsweise, eigentlich hat Fanny es ihr richtig gegeben – aber das kommt in diesem Moment auf das Gleiche raus. Schwungvoll trabe ich in die Klasse und renne dabei fast Theo um.

»Moin, Isi! Wow, hast du fünf Liter Red Bull zum Frühstück getrunken? Du bist ja so energiegeladen!«

Ich überlege kurz, ob ich ihm erzähle, dass mich Fanny gewissermaßen gedopt hat, lasse es aber. Wenn es nachher so gut läuft, wie ich glaube, wird Theo denken, dass es nur an dem Intensivtraining liegt, das er mir verpasst hat.

In der folgenden Deutschstunde sind wir nur damit beschäftigt, die vorbestellten Eintrittskarten für unser Musical in Umschläge zu verpacken und anschließend an unsere Mitschüler auszuliefern. War ich in den letzten Tagen noch ziemlich depri unterwegs, bin ich nun so gut gelaunt, dass es sogar Herrn Gambati auffällt.

»Louisa, ich freue mich, dass du wieder so munter bist. Du wirst sehen – auch aus einer kleinen Rolle kann man sehr viel machen. Erst recht, wenn man so gut drauf ist wie du gerade. Ich freue mich schon auf unsere Generalprobe nachher.«

Gestern um diese Zeit hätte ich nicht gedacht, das sagen zu können, aber: Ja! Ich freue mich tatsächlich auch auf die Probe!

Zu Recht, wie sich nach der Mittagspause zeigt. Wir haben uns alle in der Aula versammelt: Herr und Frau Gambati, das Mittelstufenorchester, die Requisite, die Bühnenbildner und die Veranstaltungstechnik. Es wird noch ein bisschen ausgeleuchtet, und die Maske läuft zwischen uns hin und her, um zu notieren, was bei den einzelnen Darstellern noch geändert werden soll. Spannung liegt in der Luft, aber nicht verkrampfte Spannung, sondern gut gelaunte.

Ich stehe an meiner Bühnenmarkierung und gehe noch

einmal genau durch, wann mein Einsatz kommt, wie ich mich bewegen und was ich singen werde.

»Bin gespannt, ob du es diesmal hinkriegst«, zischt mir von hinten jemand ins Ohr. »Wäre doch deine erste fehlerfreie Runde.« Ich drehe mich um. Es ist Clarissa, die noch auf die Schnelle ein bisschen Gift verspritzen will. Das allerdings perlt an mir ab wie Butter an einer Teflonpfanne. Ich bin mir sicher, Fanny hat alles gut durchgeplant. Würde mich gar nicht wundern, wenn auch Clarissa noch ihr Fett abbekommt – schließlich weiß Fanny ganz genau, wie ätzend diese blöde Tussi zu mir war.

»Clarissa, ich glaube, du wärst gut beraten, dich auf deine eigene Performance zu konzentrieren. Ich habe läuten hören, dass Herr Gambati findet, dass da durchaus noch Luft nach oben ist.«

Das stimmt zwar nicht, aber irgendwie fühlt es sich sehr gut an, das zu der doofen Nuss zu sagen. Wahrscheinlich hat Fanny diesen Dialog für mich geschrieben. Ich selbst bin ja eigentlich gar nicht so schlagfertig. Clarissa guckt tatsächlich ein wenig verunsichert und zieht endlich Leine.

Dann erscheint auch Frau Gambati und setzt sich ans Klavier, ihr Mann klettert auf die Bühne und klatscht in die Hände.

»Meine liebe Theater-AG – es ist so weit: letzte Probe vor unserer Premiere! Ihr kennt sicher das alte Sprichwort der Theaterleute: Generalprobe schlecht, Aufführung gut. Wenn ich ehrlich bin, habe ich für dieses Motto zu schwache Nerven und hoffe deshalb, dass heute alles gut klappt. Sollte es bei dem ein oder anderen noch nicht ganz hinhauen, haben wir dann noch zwei Tage Zeit, um einzelne Szenen nachzuproben. Hier gilt dann das andere Sprichwort: Ohne Fleiß kein Preis. Weitere Reden erspare ich uns und überlasse euch jetzt die Bühne. Hau rein, Kapelle!«

Ich spüre ein Kribbeln im ganzen Körper, mein Herz schlägt deutlich schneller als sonst. Mein großer Auftritt kommt zwar erst später, trotzdem bin ich ziemlich aufgeregt. Alle Darsteller mit kleinen Rollen bilden als Schüler der East High den Chor für das Musical, und auch da könnte ich theoretisch schon deutlich danebenliegen. Aber dann denke ich an Fanny und entspanne mich. Sie wird schon das passende Drehbuch für heute geschrieben haben!

»Mein lieber Scholli! Das war ja krass wackelig heute bei der lieben Clarissa! Da muss sie die nächsten zwei Tage noch mal ordentlich ran. Johannes sah jedenfalls total begeistert aus, als Gambati ihm reingedrückt hat, wie viele Zusatzproben sie bis dahin noch machen sollen. So ein bisschen Extraarbeit, da freut sich doch jeder! Bei dir hingegen lief es spitze – hat sich doch echt gelohnt, dass wir zusammen geübt haben!«

Theo radelt nach der Probe mit mir nach Hause und ist blendend gelaunt. Wenn ich sage »mit mir«, dann meine ich das wörtlich: Ich sitze auf seinem Gepäckträger und halte mich an ihm fest, schließlich hat mich Fanny heute

Morgen ohne Fahrrad an der Schule abgesetzt, und ich hätte sonst den Bus nehmen müssen. So weht mir der Fahrtwind um die Nase, der Stoff von Theos Jacke reibt an meiner Wange, was sich aber nicht schlecht anfühlt, sondern nur ein bisschen kitzelt. Kurz: Ich bin zum ersten Mal seit Schuljahresbeginn ganz entspannt. Wenn ich recht darüber nachdenke, bin ich eigentlich ganz froh, wenn das Musical endlich vorbei ist und ich wieder die ganz normale Isi sein kann. Am liebsten die ganz normale Isi, die ab und zu, möglicherweise, also nur, wenn es sich ergibt, vielleicht, eventuell mal mit Jo eine Cola in der Cafeteria trinkt. Aber das muss auch nicht sein. Wenn der Preis für eine Cola mit Jo ist, dass ich wieder wie Lou sein muss, dann lieber nicht! Die war zwar megacool, aber am Ende doch nicht wirklich mein Fall.

»Hey, sitzt du noch dahinten drauf?«, ruft Theo in den Wind.

»Klar, warum?«

»Weil du gar nichts sagst. Ich rede die ganze Zeit auf dich ein, und du antwortest überhaupt nicht. Da wollte ich nur sichergehen, dass du nicht schon längst hinter mir abgestiegen bist.«

Ich kichere. »Wieso? Wer bitte hält sich dann die ganze Zeit an dir fest?«

»Ach, du bist so eine zarte Elfe, dich spüre ich doch gar nicht!«, witzelt Theo, und nun falle ich vor Lachen fast vom Fahrrad. Theo ist einfach ein verrückter Typ, aber mein liebster Verrückter überhaupt. Ich bin soooo froh, einen Freund wie ihn zu haben.

Vor unserem Haus angekommen, parkt er das Fahrrad schwungvoll am Gartenzaun ein, dann springen wir beide fast gleichzeitig vom Rad und laufen zur Tür. Wir werden anscheinend schon erwartet, denn nun öffnet sich das Küchenfenster, und Fanny schaut heraus.

»Also wirklich – auf dem Gepäckträger und dann noch ohne Helm?«, ruft sie von oben zu uns herunter. »Wir haben dich doch gerade erst aus dem Krankenhaus geholt!«

»Ich habe den Bus verpasst!«, schwindele ich. »Tut mir leid!«

Fanny schüttelt den Kopf, dann verschwindet selbiger wieder nach drinnen. Kurz darauf stehen wir meiner Großmutter schon gegenüber. An ihrem Blick kann ich sehen, dass sie nicht richtig sauer ist, sondern nur schimpft, weil meine Eltern es sehr wichtig finden, dass ich immer mit Helm fahre.

»Also wirklich, Fräulein Winter, was soll denn das? Du weißt doch, dass du das nicht sollst.«

»Tut mir leid, Fanny«, mischt sich Theo ein, »war meine Idee. Der Bus ... äh ... war gerade weg, da habe ich Isi 'ne Mitfahrgelegenheit angeboten. Wollte sie nach der Probe nicht einfach so stehen lassen.«

»Ach, genau, die Probe! Wie ist es denn gelaufen?«, ruft Fanny, als sei ihr erst jetzt gerade wieder eingefallen, dass sie für mich eine kleine Ausnahme von ihrer Ich-benutzemeine-Gabe-nicht-mehr-Regel gemacht hat. Das glaube ich ihr natürlich nicht, aber sie will vor Theo vermutlich nicht zugeben, dass sie TOTAL im Bilde ist.

»Isi war wirklich sensationell!«, berichtet Theo. »Es ist wirklich schade, dass sie die Hauptrolle abgeben musste. Wohingegen Clarissa sich nicht gerade mit Ruhm bekleckert hat. Ihr Spielpartner war jedenfalls einigermaßen verzweifelt.«

»So, so«, murmelt Fanny und zwinkert mir verschwörerisch zu. »Das gibt's ja nicht.«

»Doch, war aber so. Ich glaube, die doofe Clarissa hat sich irgendwie von Isi ins Bockshorn jagen lassen. Schon den ganzen Vormittag in der Schule hat sie voll viel Energie ausgestrahlt. Echt unglaublich, was so ein einziger Besuch im Krankenhaus ausmacht. Verband ab – Isi tough. Krass!«

Fanny nickt milde, und ich muss grinsen. Wenn Theo wüsste, woran das wirklich gelegen hat! Am Verbandswechsel jedenfalls nicht.

»Ja, es war wirklich ganz gut«, pflichte ich Theo bei. »Also, von mir aus kann die Premiere kommen. Ich glaube, ich krieg das hin!«

From Zero to Hero!

26. Kapitel

Er ist da, der große Tag! Ich habe heute Nacht wirklich nicht besonders gut geschlafen. Um nicht zu sagen, gar nicht. Kaum lag ich im Bett, flogen mir die Gedanken nur so um die Ohren. Was, wenn die Premiere total schiefgeht, ich meine Stimme verliere oder mein Outfit platzt? Als ich dann doch endlich eingeschlafen bin, hatte ich die schlimmsten Albträume: Ich stand auf der Bühne, und ein regelrechter Shitstorm brach über mich herein. Ich wurde massivst ausgebuht, und Gegenstände prasselten regelrecht auf die Bühne – Eier, Tomaten, selbst Pferdeäppel waren dabei! Sehr eklig, das Ganze! Bei dem Versuch, von der Bühne zu fliehen, bin ich dann ausgerutscht und habe mir das Schlüsselbein gleich noch mal gebrochen. Der absolute Horror. Als ich dann um vier Uhr aufgewacht bin, war ich der festen Überzeugung, verschlafen zu haben. Danach hab ich mich nicht mehr getraut, die Augen zuzumachen.

Entsprechend gerädert fühle ich mich jetzt. So ein Mist! Dabei müsste ich jetzt echt fit sein! In einer halben Stunde hebt sich der Vorhang, und dann gibt es kein Zurück mehr. Mit der Maske bin ich schon fertig, jetzt sitze ich mit Valerie hinter der Bühne im Backstage-Bereich. Sie bewegt ihre Finger auf der Tischplatte wie auf einer Klaviatur, ich gehe meinen Text auch noch mal im Kopf durch.

Theo taucht neben uns auf. »Na, Mädels, seid ihr bereit?«

Valerie nickt stumm, unterbricht ihre Fingerübungen allerdings nicht, ich schüttle ebenso stumm den Kopf.

»Puh, das ist ja eine Megastimmung hier! Soll ich euch irgendwie aufmuntern? Ein paar Witze erzählen? Neuester Klatsch und Tratsch?«

»Mensch, Theo, nun halt doch mal die Klappe!«, pflaumt ihn Valerie an. »Ich muss mich konzentrieren. Musst du nicht zu deiner Band? Wo ist denn deine Trompete?«

Theo lacht. »Meine Trompete steht da, wo sie hingehört. Neben meinem Notenständer und Stuhl in der Sitzgruppe für die Band. Es ist alles in bester Ordnung. Die beiden anderen Trompeter sind auch schon da, wir haben uns eben eine Runde warmgespielt. Allet jut!« Dann senkt er verschwörerisch die Stimme. »Aber wisst ihr, wer noch nicht da ist, wo er hingehört?«

Mir reißt der Geduldsfaden! »Alter, ich habe für solche Ratespielchen jetzt überhaupt keinen Nerv! Ich bin froh, dass ich es unfallfrei hierhergeschafft habe.«

Theo guckt enttäuscht. So enttäuscht, dass ich ein schlechtes Gewissen habe und nettere Töne anschlage.

»Hey, tut mir leid. Ich bin einfach so nervös, dass ich

gar nicht weiß, wie ich es gleich auf die Bühne schaffen soll. Also sag schon: Wer ist noch nicht da?«

»Clarissa!«

What?! Jetzt fährt auch Valerie aus ihrem imaginären Klavierspiel hoch.

»Was? Clarissa ist noch nicht da?«, ruft sie ungläubig, und auch ich bin total überrascht. Dann werfe ich einen Blick auf die Uhr über dem Bühnenaufgang. 17:40 Uhr.

»Aber ... aber in zwanzig Minuten geht es doch schon los. Und wir sollten doch eigentlich alle schon um halb fünf hier sein«, wundere ich mich.

Theo zuckt mit den Schultern. »Tja. Eigentlich. Aber Clarissa hat noch keiner gesehen. Sie haben auch schon überall angerufen. Niemand weiß, wo sie ist. Ihre Eltern sagen, sie haben sie pünktlich bei der Schule abgesetzt. Sie ist wie vom Erdboden verschluckt. Gambati ist kurz vorm Nervenzusammenbruch.«

»Ach du Scheiße!«, murmelt Valerie. »*High School Musical* ohne Gabriella ist ja wohl Murks.«

In der Tat. Richtig großer Murks! Die Tür zum Backstage-Bereich fliegt auf, Herr Gambati kommt mit großen Schritten hereingeschossen, dicht gefolgt von seiner Frau. Er baut sich vor uns auf und mustert uns mit ernstem Blick. Dann räuspert er sich.

»Ich sage es ungern, aber wir haben ein echtes Problem. Clarissa ist immer noch nicht da. Ich kann mir absolut nicht erklären, was da los ist. Sie muss hier eigentlich irgendwo in der Schule sein. Ihr Vater hat sie vor über einer Stunde am Haupteingang abgesetzt. Vielleicht ist sie so aufgeregt, dass sie sich versteckt hat. Die letzte Probe war ja etwas schwierig, vielleicht nimmt sie sich das zu sehr zu Herzen. Das ist eigentlich die einzige Möglichkeit, die ich mir noch vorstellen kann. Also möchte ich euch jetzt alle bitten, mit mir das Schulgebäude abzusuchen. Wir haben noch eine Viertelstunde Zeit, sie zu finden. Gelingt uns das nicht, müssen wir das Musical wohl oder übel absagen.«

Entsetzte Blicke bei meinen Schulkameraden, aufgeregtes Gemurmel. Ich sehe Johannes an, der meinen fragenden Blick erwidert und mit den Schultern zuckt. Er weiß anscheinend auch nicht, was los ist. Ich gehe zu ihm hinüber.

»Hallo, Jo! Das kann doch alles nicht wahr sein! Hast du wirklich nichts von ihr gehört?«

Er schüttelt den Kopf. »Nein, wirklich nicht. Ich habe in der Maske auf sie gewartet. Wir waren verabredet und wollten uns eigentlich zusammen warmsingen. Aber sie ist nicht gekommen. Ich habe sie angerufen, aber ihr Handy ist ausgeschaltet. Ich habe keinen Plan!«

Maggi und Rike stehen in der anderen Ecke des Backstage-Bereichs und tuscheln. Ich habe zwar wenig Bock, mit den beiden zu sprechen, aber vielleicht wissen die beiden ja mehr. Also ziehe ich Jo am Ärmel und bedeute ihm, mir zu folgen.

»Sie ist doch eure beste Freundin. Habt ihr keine Ahnung, wo sie sein könnte?«, frage ich. Rike und Maggi starren mich an, dann ringt sich Maggi zu einer Antwort durch.

»Nee, keinen blassen Schimmer. Aber was Gambati gesagt hat, so von wegen, dass sie vielleicht Muffe bekommen hat, das könnte schon sein.«

Rike nickt. »Na ja, Clarissa ist schon der Typ, der immer gewinnen will. Immer gut rüberkommen muss. Und vielleicht war sie sich irgendwie nicht sicher, dass es klappt.«

»Ich glaube, sie war auch genervt von dem da!« Maggi zeigt auf Johannes.

Der runzelt die Stirn. »Hä? Von mir?«

»Na ja, wirklich nett warst du ja echt nicht zu ihr. Du hättest sie ruhig mal öfter loben können.«

Johannes reißt die Augen auf. »Bitte? Ich war voll nett zu ihr. Ich habe sie nur nicht angebetet, wie sie das von euch kennt. Ich kann nichts dafür, wenn schon die kleinste Kritik gleich Majestätsbeleidigung ist. Und wenn sie jetzt die komplette Produktion schmeißt, nur weil ich ihr nicht ständig gesagt habe, wie toll sie ist, dann ist das nicht nur völlig durchgeknallt, sondern auch megaasozial.« Und dann ist er auch schon weg, um den anderen bei der Suche zu helfen.

Ich bleibe noch stehen und schaue Maggi und Rike scharf an. »Jetzt mal im Ernst: Haltet ihr es für möglich, dass Clarissa aus gekränkter Eitelkeit so eine Nummer abzieht und die Premiere ruiniert?«

Schweigen. Dann Nicken.

»Also, völlig ausschließen kann man so was bei ihr nie«,

murmelt Rike schließlich und schaut betreten auf den Boden. Alter, das darf doch nicht wahr sein!

Zehn Minuten später: immer noch keine Spur von Clarissa. Mittlerweile hat sich der Zuschauerraum schon komplett gefüllt. Mit Mitschülern, Lehrern, Eltern, Großeltern und wer sich sonst noch auf den Weg gemacht hat, um die Premiere des ersten Musicals, das jemals an der Heinrich-Heine-Schule aufgeführt wurde, zu sehen. Fanny, Mama und Papa sitzen gleich vorn in der zweiten Reihe und winken mir erwartungsvoll zu, als ich kurz zwischen den Vorhängen hervorschaue. Vollkatastrophe!

Herr Gambati guckt noch einmal auf die Uhr, redet kurz mit seiner Frau und dreht sich schließlich zu uns um.

»Es tut mir leid, aber wir müssen es absagen. Ich kann es mir absolut nicht erklären, aber wir haben Clarissa nirgendwo gefunden. Ich denke, hier und heute können wir nichts anderes machen, als dem Publikum jetzt reinen Wein einzuschenken. So etwas ist mir wirklich noch nie passiert. Es tut mir sehr leid.«

Betretenes Schweigen. War ich vorhin bei dem Gedanken daran, auf die Bühne zu müssen, noch so nervös, dass mir fast schlecht war, würde ich jetzt alles dafür geben. Ein Blick um mich herum zeigt mir, dass es allen anderen auch so geht.

»Ja, Theo?«, spricht Herr Gambati jetzt meinen Kumpel an, der mit den restlichen Bandmitgliedern hinter mir steht.

Offensichtlich hat der die Hand gehoben, weil er etwas sagen will. Ich drehe mich um.

»Ich finde, der Fall ist doch relativ klar: Bevor wir jetzt alles abblasen: Wie wäre es, wenn Isi einspringt und die Gabriella singt? Sie hat die Rolle doch auch einstudiert und bis zu ihrem Unfall auch geprobt.«

Ich spüre, wie mir das Blut in den Kopf schießt. Ist der völlig wahnsinnig geworden? Das kann ja wohl nicht Theos Ernst sein!

»Bist du verrückt? Das kann ich nicht! Auf gar keinen Fall!«, zische ich ihm zu. Theo antwortet nicht, sondern grinst mich nur an. Ich fasse es nicht!

Bevor ich lauthals widersprechen kann – was mit einem Kloß im Hals gar nicht so einfach ist –, mischt sich Frau Gambati ein.

»Theo, das ist eine großartige Idee! Ich meine, wir haben ja nichts zu verlieren – besser als eine Absage ist das allemal!«

Na, herzlichen Dank! Werde ich vielleicht auch mal gefragt? Ich bin schließlich diejenige, die sich im Fall der Fälle bis auf die Knochen blamiert!

Herr Gambati macht einen Schritt auf mich zu und schaut mich nachdenklich an. »Was sagst du, Louisa? Würdest du es machen?«

»Ich ... also ... ähm«, beginne ich zu stammeln.

»Ja, klar macht sie das!«, ruft Jo jetzt ganz begeistert dazwischen. Na super!

Ich seufze tief. »Ich weiß nicht. Ich habe es noch kein einziges Mal komplett als Gabriella durchgespielt. Was, wenn es total schiefgeht?«

Frau Gambati nickt mir freundlich zu. »Louisa, niemand erwartet Perfektion. Aber da draußen sitzen vierhundert Leute, die sich sehr auf die Premiere gefreut haben. Die müssten wir nun alle enttäuscht nach Hause schicken. Es wäre großartig, wenn du es versuchen würdest.«

Schluck! Vierhundert Leute sitzen im Zuschauerraum! Ich bekomme Ohrenrauschen. Wobei – gleichzeitig kommt mir da auch eine Idee. Denn unter diesen vierhundert Leuten sitzt schließlich auch Fanny. Ich gucke auf die Uhr. In fünf Minuten soll der Vorhang hochgehen. Ist das für meine Großmutter noch Zeit genug, die Szene, in der ich heute Abend erfolgreich für Clarissa einspringe, aufzuschreiben? Ich hoffe sehr, dass sie ihr braunes Geschichtenbuch dabeihat! Schaffe ich es, ihr so schnell zu erklären, dass sie mir unbedingt mit ihrer Gabe helfen muss, die Premiere zu retten? Wird sie es für mich tun? Ich muss irgendwie Zeit schinden!

Ich räuspere mich. »Okay, ich versuche es. Aber ich brauche zehn Minuten Zeit für mich, um mich zu sortieren.«

»Weltklasse, Isi!« Jo macht einen Satz auf mich zu und umarmt mich. Mir wird sehr, sehr warm!

Frau Gambati strahlt. »Vielen Dank, Louisa! Und deine zehn Minuten sollst du natürlich haben!«

Auch Herr Gambati sieht erleichtert aus. Dann allerdings

verzieht er das Gesicht, als sei ihm gerade noch etwas Unangenehmes eingefallen.

»Oh Mist!«, ruft er. »Dann haben wir aber keine Martha Cox mehr!«

Wieder hat Theo die zündende Idee. »Ich könnte die Martha spielen. Ich habe die Rolle in den letzten Tagen so häufig mit Isi geprobt, dass ich mir das zutraue. Und wenn es nicht gut wird, wird es wenigstens sehr komisch. Meine Band kommt auch ohne mich klar, wir haben noch zwei andere Trompeter. Oder, Jungs?«

Er dreht sich zu seinen Kollegen um, die eifrig nicken.

Jetzt ist es Herr Gambati, der seufzt. »Gut. Dann brauchen wir jetzt nur noch einen Rock und ein Hemd in XL, und ich hoffe, wir haben noch eine Perücke im Fundus. Willkommen an Bord, Martha ›Theo‹ Cox!«

Ich gebe Theo ein Daumen-hoch-Zeichen, dann mache ich mich auf den Weg in den Zuschauerraum, um mit Fanny zu sprechen.

Happy End

27. Kapitel

Als nach einem gefühlt endlosen Applaus der letzte Vorhang fällt, bin ich komplett durchgeschwitzt. Allerdings bin ich so erschöpft, dass mir das völlig egal ist und ich mich einfach in Jos Arme sinken lasse. Er gibt mir einen Kuss auf meine Haare, und sofort fühle ich mich, als hätte ich mit beiden Händen an einen unter Strom stehenden Weidezaun gefasst – komplett elektrisiert!

»Du warst sensationell, Isi«, flüstert er mir ins Ohr. »Ich kann es nicht fassen, was für eine gigantische Vorstellung du hier abgeliefert hast.«

»Hey, hey! Wer flüstert, der lügt!« Theo alias Martha steht neben uns. Auch ihm rinnt der Schweiß in Strömen über das Gesicht, er reißt sich die Perücke vom Kopf. »Gott, ist das Ding heiß! Was tut man nicht alles für die Kunst!«

Jo lässt mich wieder los, wir drehen uns zu unseren Mitspielern um, die sich nun im Halbkreis um uns herumgestellt haben – und tatsächlich auch anfangen, zu applaudieren. Herr Gambati kommt zu uns hinter den Vorhang und klatscht ebenfalls.

»Louisa, Johannes – Respekt! Hättet ihr mich vor zwei Stunden gefragt, ob ich so etwas für möglich halten würde, ich hätte euch für verrückt erklärt. Ihr alle, das ganze Ensemble, wart großartig. Auf den Punkt. Konzentriert. Unglaublich professionell. Aber speziell dir, Louisa, möchte ich besonders danken: Du hast uns heute Abend gerettet. Und zwar mit einer Vorstellung, die nicht im Mindesten eine Notlösung war. Deine Gabriella war wirklich eine ganz tolle Leistung!«

Wieder klatschen alle – selbst Maggi und Rike. Es ist ein sehr seltsames Gefühl, aber kein schlechtes!

»So, liebe Leute«, ruft Frau Gambati, »bevor ihr hier noch Wurzeln schlagt, kommt jetzt der wichtigste Teil für Theaterleute an einem Abend wie heute: die Premierenfeier! Es ist angerichtet! Euer begeistertes Publikum wartet schon auf euch!«

Tatsächlich haben Herr Balabaiev und seine fleißigen Helfer in der Cafeteria ein irres Buffet aufgebaut. Salate, frisches Fladenbrot und Baguette, Frikadellen, Fingerfood, Quiches, sogar Braten und zum Nachtisch Kuchen und Mousse au Chocolat. Lecker! Da dürfte für jeden etwas dabei sein. Jetzt, wo der Stress von mir abfällt, merke ich, dass ich richtig Hunger habe. Mama und Papa stehen schon bei dem Tisch, auf dem Teller und Besteck aufgebaut sind.

»Schatz, du warst einfach phantastisch«, ruft meine Mutter glücklich, und auch mein Vater strahlt.

»Danke schön! Ich bin so erleichtert. Und habe einen Mordshunger!«

»Bestens!« Papa lacht. »Fanny hat schon einen Tisch für uns reserviert. Sie sitzt dort drüben.« Er deutet in die Ecke vor den großen Fenstern zum Innenhof, wo meine Großmutter an einem Tisch sitzt und uns vergnügt zuwinkt. Eingerahmt wird sie links von Theo und rechts von Johannes, und sie fühlt sich sichtlich wohl in dieser Gesellschaft.

Ich lasse erst mal die Teller Teller sein und gehe zu dem Tisch.

»Mein Mäuschen, ich bin so stolz auf dich«, werde ich von Fanny begrüßt. »Du hast so toll gespielt, ich war begeistert.«

»Na ja, ohne deine Hilfe wäre es nichts geworden«, entgegne ich, »vielen Dank dafür.«

»Setz dich neben mich!« Theo klopft auf den Platz zu seiner Linken.

»Hey, Martha, Finger weg von meiner Gabriella!«, ruft Jo mit gespielter Empörung. »Die sitzt natürlich neben mir!«

Ich merke, wie ich feuerrot im Gesicht werde – gleichzeitig bin ich sehr glücklich. Falls sich Theo darüber ärgert, lässt er es sich nicht anmerken. Er steht auf, tippt mir auf die Schulter und flüstert mir ins Ohr: »Euch noch einen schönen Abend. Ich muss los.«

»Wo willst du denn hin?«, frage ich verdattert nach.

Theo grinst. »Och, ich glaube, ich habe da vorhin aus Versehen jemanden im Fundsachenraum eingeschlossen!«

Es dauert einen Moment, bis ich diese Nachricht wirklich verstanden habe. Ich springe wieder von meinem Platz hoch.

»Hast DU etwa Clarissa weggesperrt?«, zische ich ihm so leise zu, dass die anderen es hoffentlich nicht hören.

Theo grinst noch breiter und zuckt unschuldig mit den Schultern. »Kann schon sein. Sie hat sich da so durch die Sachen gewühlt, und der Schlüssel steckte von außen – da konnte ich nicht anders. Es war aber nur gerecht. Du hast diese Rolle verdient – Clarissa nicht! Auf alle Fälle werde ich sie jetzt mal befreien.« Und schon ist er weg!

Johannes schaut ihm erstaunt hinterher. »Also, so war das nun auch wieder nicht gemeint. Ich wollte ihn nicht vertreiben, sondern nur neben dir sitzen.«

Ich lache. »Alles gut, Jo. Du hast ihn nicht vertrieben. Ich glaube, Theo hatte noch etwas Wichtiges zu erledigen.«

Fanny räuspert sich. »So, mein Schatz! Ich habe auch noch etwas Wichtiges zu erledigen. Ich habe nämlich zwei Sachen für dich dabei. Zum einen etwas, was du verloren hast. Und ein Geschenk.«

»Echt?« Neugierig schaue ich zu meiner Großmutter, die nun in ihrer Handtasche kramt und als Erstes ein kleineres Päckchen herauszieht und mir gibt. Ich wickle es aus dem Papier, öffne die Schachtel – und halte plötzlich mein Handy in der Hand!

»Woher hast du das denn? Meine Tasche ist doch geklaut worden!«

Fanny grinst. »Na ja, nicht so richtig. Sie stand noch bei den Fundsachen in der Abstellkammer. Ich habe sie abgeholt, und dein Handy war noch drin. Nur der Akku war alle. Ich habe dann beschlossen, die Rückgabe etwas zu verzögern, weil in deinem speziellen Fall ein wenig Zeit ohne Handy gar nicht schlecht war. Ich wollte dich nicht unnötig in Versuchung führen.«

Jo, der natürlich gar nicht schnallt, dass Fanny in Wirklichkeit nicht von meinem Handykonsum, sondern über FriendsCity redet, pflichtet ihr bei.

»Ja, Frau Winter, dass sagen meine Eltern auch immer. Ein bisschen weniger Zeit am Handy würde uns allen guttun!«

Schleimer! Mein absoluter Lieblingsschleimer. Ich beschließe, ihm sofort zu verzeihen.

Dann holt Fanny noch etwas aus der Handtasche. Es ist ihr braunes Geschichtenbuch mit den Goldornamenten.

»Und dann möchte ich dir das hier schenken. Damit du lesen kannst, was ich in letzter Zeit geschrieben habe, um dir zu helfen.«

Mehr sagt sie nicht, und wenn Jo diese Bemerkung verwirrend findet, lässt er sich nichts anmerken.

»Oh, nice!«, sagt er.

Ich nicke. »Ja, das ist es. Vielen Dank, Oma! Jo, würdest du mir etwas vom Buffet mitbringen? Ich würde gern einen Blick in das Buch werfen.«

»Klar, mache ich!«

Jo steht auf, und einen Moment lang sind Fanny und ich allein. Ich greife über den Tisch, sie gibt mir das Buch. Mein Herz beginnt, schneller zu schlagen! Ich brenne darauf, zu erfahren, was genau meine Großmutter sich für mich ausgedacht und in das Buch geschrieben hat. Schließlich hat sich alles bewahrheitet, ohne dabei Schaden anzurichten. Ich hoffe, ich kann diese Art zu erzählen von Fanny lernen!

Ich schlage die erste Seite auf. Sie ist weiß. Ich blättere weiter. Nichts. Komisch, wieso hat Fanny denn die ersten Seiten frei gelassen? Aber wie weit ich auch blättere – es steht nichts in dem Buch! Rein gar nichts – alle Seiten sind blütenweiß!

Mit offenem Mund starre ich Fanny an. Es dauert ein paar Sekunden, bis ich meine Sprache wiedergefunden habe.

»Aber Oma, du hast ja gar nichts in das Buch geschrieben!«

Sie lächelt. »Richtig, habe ich nicht. Weil ich wusste, dass es überhaupt nicht nötig ist. Du hast keine magischen Geschichten oder Gaben gebraucht. Du hast nur ein wenig Mut gebraucht, und den habe ich dir gegeben. Damit hast du alles ganz von allein geschafft.«

Ich bin fassungslos. »Aber ... aber ... du hast doch gesagt, dass man die Gabe ausnahmsweise einsetzen darf. Und dass du mir helfen willst.«

»Richtig. Das habe ich gesagt. In Ausnahmefällen. Aber das war keiner. Ich wusste ja, dass alles, was du brauchst, in dir steckt. Und geholfen habe ich dir mit diesem kleinen Trick doch auch so, oder?«

Sie zwinkert mir zu. Ich denke kurz darüber nach. Dann beginne ich, laut zu lachen – und Fanny lacht mit. Mama und Papa kommen mit ihren Tellern zurück an unseren Tisch.

»Na, ihr seid ja so fröhlich! Worüber lacht ihr denn?«, erkundigt sich mein Vater.

»Nun, ich würde sagen«, erklärt Fanny, nachdem sie wieder einigermaßen Luft bekommt, »hier hat eine ältere Dame gerade mit einem ollen Taschenspielertrick ein junges Ding über den Tisch gezogen.«

Ja, das kann man wohl sagen. Und ich bin sehr, sehr froh darüber!

In diesem Moment taucht Johannes wieder auf und balanciert zwei voll beladene Teller vor sich her, die er sehr gekonnt vor mir auf dem Tisch abstellt.

»Et voilà, Mademoiselle. Ich habe übrigens gerade gehört, dass im Anschluss an das Essen noch getanzt werden soll. Ich … äh … würde mich freuen, wenn du noch ein bisschen bleiben könntest.« Er guckt mich erwartungsvoll an.

Mein Herz macht einen Riesensprung. Jo hat mich tatsächlich gefragt, ob ich nachher mit ihm tanzen möchte! Und zwar ganz von allein, ohne dass Fanny oder ich uns eine entsprechende Geschichte ausgedacht hätten. Es ist wie in einem Traum, nur viel schöner! Ich schaue zu meinen Eltern.

»Ist das okay?«

Mama nickt. »Na klar. Es ist euer Abend, genießt ihn, ihr habt es euch verdient.«

»Vielen Dank, Frau Winter.« Jo lächelt, und wenn ich es mir nicht einbilde, sind seine Wangen nun auch ein bisschen röter als sonst!

Dank an ...

... Lilly Raible für ihr tolles Lektorat – und die Tatsache, dass ich ohne sie gar kein Jugendbuch geschrieben hätte! Beschwerden werde ich also direkt an dich weiterleiten.

... Sarah Haag für die vielen guten Ideen, das fleißige Mitlesen und das mitfühlende Händchenhalten in dramaturgischen Krisensituationen.

... Carina Mathern für das Brainstormen und das leckere Frühstück. Wir sollten das beibehalten! Wenn pro Frühstück ein Buch herausspringt, können wir es problemlos von der Steuer absetzen.

... Julia Bielenberg für ihre Begeisterungsfähigkeit, ihren Enthusiasmus und stellvertretend für ihre wirklich tolle Verlagsmann- und -frauschaft – ich weiß das wirklich sehr zu schätzen!

... Antje Szillat für stundenlange Telefonate und kollegiale Beratung in allen Lebenslagen. Irgendwann kaufen wir zusammen einen Ponyhof.

... Frank Szillat für sein Verständnis, dass die Gattin auch im Urlaub und an Wochenenden so viel mit der Scheunemann quatscht.

... Wiebke Lorenz als Spiritus Rector. Ohne sie hätte das alles gar nicht angefangen.

... Greta Scheunemann für ihre Dienste als Sparringspartnerin. Ihr durchaus kritisches Urteil war mir sehr wertvoll!

... Tessa Scheunemann für ihre sehr genaue Inaugenscheinnahme der Cover- und Titelvorschläge. Immer gut, einen Teenager im Haus zu haben.

... Bernd Scheunemann, ohne den es sowieso kein einziges Buch von mir gäbe und der mir in Schreibphasen wirklich alles vom Hals hält!

... Nadine, Norman, Lyuba und Ana Maria, die Bernd dabei geholfen haben.

Die Bestsellerserie in fünf Bänden

C.J. Daugherty
Night School.
Du darfst
keinem trauen.
Band 1
ISBN 978-3-7891-3326-8

C.J. Daugherty
Night School.
Denn Wahrheit
musst du suchen
Band 3
ISBN 978-3-7891-3329-9

C.J. Daugherty
Night School.
Und Gewissheit
wirst du haben.
Band 5
ISBN 978-3-7891-3337-4

Nach dem spurlosen Verschwinden ihres Bruders schicken ihre Eltern Allie auf das abgelegene Internat Cimmeria. Schon bald wird sie von Carter und Sylvain, zwei Mitschülern, umworben. Doch in der Schule gehen seltsame Dinge vor. Und mit einem Mal wird Allie des Mordes bezichtigt …

Der SPIEGEL-Bestseller! Die atemlos spannende Story um Allie und das Geheimnis der „NIGHT SCHOOL" ist Thriller und Liebesgeschichte zugleich.

Auch als eBook
und Taschenbuch erhältlich

Weitere Informationen unter:
www.oetinger-audio.de und www.oetinger.de

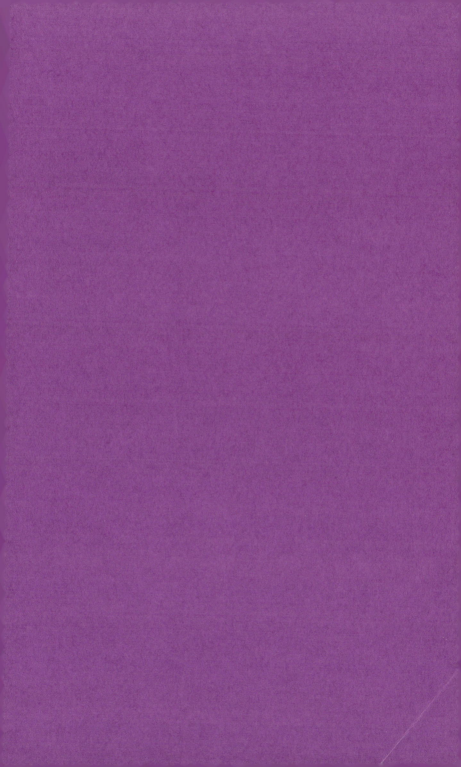